O RIO DO MOA

MOACYR LUZ

O RIO DO MOA

André Diniz
Diogo Cunha (ORGS.)

mórula
EDITORIAL

Copyright © Moacyr Luz.
Todos os direitos desta edição reservados
à MV Serviços e Editora Ltda.

ILUSTRAÇÃO [CAPA]
Cássio Loredano

REVISÃO E PREPARAÇÃO DE ORIGINAIS
Luciana Goiana

CIP-BRASIL. CATALOGAÇÃO NA PUBLICAÇÃO
SINDICATO NACIONAL DOS EDITORES DE LIVROS, RJ

L994r
    Luz, Moacyr, 1958-
        O Rio do Moa / Moacyr Luz ; organização André Diniz, Diogo Cunha. ; [ilustração Cássio Loredano]. — 1 ed. — Rio de Janeiro: Mórula, 2018.
        136 p. ; 21 cm.

        Inclui índice
        ISBN 978-85-65679-77-0

        1. Crônica brasileira. I. Diniz, André. II. Cunha, Diogo. III. Loredano, Cássio. IV. Título.

18-47975   CDD: 869.8
                             CDU: 821.134.3(81)-8

R. Teotônio Regadas, 26/904 — Lapa — Rio de Janeiro
www.morula.com.br | contato@morula.com.br

Dedico esse livro ao Rio de Janeiro e seus botequins, minutas de histórias cariocas. Dedico também aos tamborins, violões e anônimos passistas desse desfile de esperança, o pêndulo dessa cidade.

Abrideira

> *O ouvido de um cronista tem faces de dramaturgia, um ator sem tablado. Foi assim que absorvi diálogos inteiros.*
>
> **MOACYR LUZ,** "Mesa de bar"

A CRÔNICA SE CONSOLIDOU NO SÉCULO XIX na cidade do Rio, retratando acontecimentos efêmeros, corriqueiros, colhidos do cotidiano. Foi Paulo Barreto, de codinome João do Rio, o primeiro escritor a dar um status literário ao gênero, percorrendo a cidade, selecionando fatos, inventando personagens, tornando-se um autor mundano por excelência. Por essas e outras, Paulo Barreto é até nome de rua em Botafogo. Justíssimo! Há uma encruzilhada de crônicas pelas ruas, vielas, becos, esquinas e avenidas da cidade de São Sebastião do Rio de Janeiro (que não entram nem a pau no Google Maps ou em qualquer outro aplicativo metido a besta). Segundo a historiadora Margarida de Souza Neves, a crônica "é um gênero compulsório da modernidade carioca"[1]. Longe do modernismo dos salões emperiquitados de São Paulo, o modernismo carioca encontrou acolhida nos cafés, botequins e confeitarias. Sempre com uma pitada de crítica e ironia à moda da casa.

---

[1] NEVES, Margarida de Souza. Uma escrita do tempo: memória, ordem e progresso nas crônicas cariocas. In: *A Crônica: o gênero, sua fixação e suas transformações no Brasil.* Rio de Janeiro: Fundação Casa de Rui Barbosa, 1992, p. 82.

A crônica foi conquistando seu espaço — tal qual uma sardinha de balcão — na memória afetiva dos leitores pelas obras de Olavo Bilac, José de Alencar, Lima Barreto, Machado de Assis, Manuel Bandeira, Carlos Drummond de Andrade, Cecília Meireles, Nelson Rodrigues, Sérgio Porto, Vinicius de Moraes, Paulo Mendes Campos... A crônica ajudou a inventar o Rio e a cidade foi o seu principal lote, ou melhor: mote.

O cronista e compositor Moacyr Luz — carinhosamente conhecido como Moa — tece suas crônicas bebendo nessa tradição. O literato Marcelo Moutinho organizou, em 2005, o primeiro livro de crônicas de Moa, "Manual de sobrevivência nos botequins mais vagabundos", com desenhos do mestre dos mestres Jaguar; em 2008, com ilustrações de Chico Caruso, Moa lança o livro "Botequim de bêbado tem dono". Mas o Rio do Moa tem outro enredo. Explico. Foi no jornal, e eles ainda existem no papel, especificamente no Jornal O Dia, com uma coluna semanal, que Moacyr Luz aprimorou suas histórias. Em tempo abrimos parentese pra agradecer ao Chico Alves, do Jornal O Dia, fecho o parentese e volto ao tema.

Nestas sessenta crônicas de Moa, com capa de Cássio Loredano, divididas nos subtítulos "Deus me perdoe essa intimidade, Jorge me guarde no coração", "Amigo eu nunca fiz bebendo leite", "Eu voltei para ajuntar pedaços de tanta coisa que passei", "Quando se é popular" e "Tira as flechas do peito do meu padroeiro", a leitora vai entrar "na maior água" no Rio de Moacyr Luz. Nos referimos a esse Rio que construiu, no século passado, a imagem de terra do samba e do Carnaval — no bom sentido é claro –, local da festa, da brincadeira, da rua: um Rio de pés-sujos (segundo o autor, "sagrados templos gastronômicos"), de personagens que não poderiam ter nascido em outra praça, de ruas que fizeram história, de bairros populares e outros nem tanto, das festas profanas e religiosas, dos santos e entidades, dos quitutes, das batidas perigosíssimas, mas da maior responsabilidade.

A crônica do escritor Moacyr Luz desfila no patamar de suas composições. Escreve seus textos com a mesma facilidade que compôs com seus parceiros Aldir Blanc, Nei Lopes, Hermínio Bello de Carvalho, Paulo César Pinheiro, Toninho Geraes, Luiz Carlos da Vila, muitos deles personagens de suas crônicas que perfilam ao lado, sem hierarquia e constrangimento, de biriteiros de plantão, garçons de borboleta e taxistas. Moacyr gosta tanto do pagode que fez nove crônicas novinhas em folha para este livro: "Rua Almirante Alexandrino", "Rua Barata Ribeiro", "Rua Dias da Cruz", "Rua do Matoso", "Rua do Senado", "Rua Torres Homem", "Rua Uruguaiana", "Rua Viveiros de Castro" e "Aterro do Flamengo". Rubem Braga, o capitão do nosso time de cronistas, agradece a preferência e nós também.

Moacyr Luz sabe que o Rio é uma crônica inacabada, que o carioca está sempre se reinventando, largando mão do pensamento "antiquário", sebastianista, proferido por intelectuais e uns e outros que adoram zuelar do presente. Paciência. É tipo, bicho, como fala Moa: o carioca "nada perturba. O trem aperta e sai um partido alto. A fila estanca e surge um cambista mais à frente".

Nos 60 anos de Moacyr Luz, comemorados no dia 5 de abril deste ano, é passada a hora de tiramos as flechas do peito de São Sebastião do Rio de Janeiro, bebericando um Aperol à moda do Moa.

Saravá!

ANDRÉ DINIZ E DIOGO CUNHA, os organizadores do pagode.
Laranjeiras, Rio de Janeiro, 2018.

sumário

15 DEUS ME PERDOE ESSA INTIMIDADE, JORGE ME GUARDE NO CORAÇÃO

- 15 A maior semana do mundo
- 17 Cosme e Damião
- 19 Festas populares
- 21 Já é Carnaval!
- 23 Santos Cariocas

25 AMIGO EU NUNCA FIZ BEBENDO LEITE

- 25 Memórias a pé
- 27 Prato do dia
- 29 Mesa de bar
- 31 Nas calçadas da cidade
- 33 Garçom de borboleta
- 35 Mil banheiros
- 37 Foi nos bares da vida
- 39 Prato feito
- 41 A gente não quer só comida
- 43 Os donos da tradição

45 EU VOLTEI PRA AJUNTAR PEDAÇOS DE TANTA COISA QUE PASSEI

- 45 Finados
- 47 Carioca, um estado de espírito
- 49 Sensação Térmica

51	Dicionário de palavras comuns
53	O papa e a globalização
55	É proibido
57	Avulsas
59	O celular
61	Leis e Vizinhos
63	Então é Natal!
65	Cotidiano
67	A ronda carioca
69	Vai ter Copa
71	Superstições
73	O Sedentário
75	Prioridades
77	Novos hábitos
79	Cismas suburbanas
81	Dias de samba
83	Folguedos natalinos
85	O fim do ano
87	Bom dia
89	Cismas
91	Incenso, Lagoa e feriado
93	Domingo na Feira
95	Samba do Trabalhador
97	Assuntos na madrugada
99	Andança

101	**QUANDO SE É POPULAR**
101	Martinho da Vila Isabel
103	Beth Carvalho ou Nossa Madrinha
105	Encontros e Despedidas
107	Histórias musicais
109	Despedidas
111	Meu parceiro Aldir
113	Vivas lembranças
115	Em canto, Mulheres
117	**TIRA AS FLECHAS DO PEITO DO MEU PADROEIRO**
117	Rua Almirante Alexandrino
119	Rua Barata Ribeiro
121	Rua Dias da Cruz
123	Rua do Matoso
125	Rua do Senado
127	Rua Torres Homem
129	Rua Uruguaiana
131	Rua Viveiros de Castro
133	Aterro do Flamengo

Deus me perdoe essa intimidade, Jorge me guarde no coração

A maior semana do mundo

A ÚLTIMA SEMANA DO ANO é também a maior do calendário. Dura até Quarta-Feira de Cinzas com direito à famosa "esticada" pro domingo.

O sujeito arrebenta no vinho sagrado da ceia, cruza o Réveillon de Sidra Cereser pelo gargalo, encara o verão com latinhas no isopor pra depois desabar em energéticos e uísque num bloco de rua. Alguns escolhem essas datas cumprindo gafes casuais.

Cantam a secretária na entrega do amigo oculto, beijam a cunhada na boca em plena queima dos fogos e, definitivamente, saem do armário no Baile das Piranhas do bairro.

Depois, com a máscara do Joaquim Barbosa comprada na Casa Turuna, passa o resto do ano batendo o martelo em questões diversas.

Linhas paralelas envolvem esse triângulo de eventos. As falsas juras.

Mais uma vez, o presente da cônjuge ficou para a noite do dia 23 de dezembro. Uma fila pra passar o cartão, outra pra embrulhar a compra, sem contar a fila de saída — táxi ou estacionamento.

Enquanto a voz no inconsciente dispara: — Nunca mais!

Quando chega o Réveillon, o samba portelense dos mestres Casquinha e Candeia se repete — "Falsas Juras".

Um sufoco pra pisar no calçadão de Copacabana. Ônibus apertado, metrô com tíquetes antecipados, ruas fechadas, camelô vendendo churrasquinho Garfield, um tambor soando das areias até um milhão de pessoas voltarem no mesmo barco de Iemanjá para casa, um distante bairro da Baixada, talvez.

E a voz sussurrando: — Nunca mais!

Fechando o ângulo dessa geometria de casos, o Carnaval!

O sujeito, mais empolgado que Rei Momo de prefeitura, marca com os amigos no Cordão da Bola Preta às seis da manhã — esse é o horário — mas a Cinelândia, com as cores do bloco, está branca e preta de pessoas. Alguns, feito Padeirinho, procuram marcar seu pedaço de terra pra sambar.

Lotado ao meio-dia, o sol te seguindo pelas costas, um tal de quem não chora não mama, a mesma voz interior: — Nunca mais!

É um desabafo que dura quarenta dias. Já chegou a Semana Santa, a mala do carro cheia de picanha e drumetes (que loucura!), todos na Rio-Manilha, direção Região dos Lagos.

Um vendedor grita: — Olha a água! Olha a bananada!

E a voz...

Se o mundo não acabou: boas festas, rapaziada!

Cosme e Damião

ESTAMOS EM SETEMBRO, o mês da primavera e dos irmãos Cosme e Damião. Estudaram Medicina na Síria. Imagino hoje, tubos de ensaio em pleno genocídio religioso. Ainda no consultório das hipóteses, fugiriam pro Brasil, mas seriam arguidos na cachoeira, afogados em qualquer descrença burocrática.

    Esses santos encheram de vida e açúcar a minha infância nas paralelas ruas da Vila Aliança, comunidade criada em Senador Camará, antiga linha 41 do subúrbio da Central.

    Apesar das casas iguais, perfil natural de um conjunto habitacional, algumas se destacavam na comemoração aos gêmeos, pelos doces oferecidos. Promessas transformadas em línguas de sogra, suspiros e pirulitos, guloseimas sem pompa de marcas, cobertos de recheio de fé, o amor.

    Um corre-corre fremente, as rádios repetiam atenção aos motoristas com a cegueira glicosada das mães onipresentes, um vai e vem desesperado pelos saquinhos de papel fantasia.

    Aos poucos, marias-moles e doces de abóbora perderam lugar pros bombons sofisticados, brinquedos de mola ou, mesmo, roupinhas de bebê, um mimo mais exigente.

A modernidade descobriu a cárie, e a inocência perdeu-se nos molares. Evangélicos botaram sal e pimenta nas balas Juquinha — "quando está chupando bala, não fala. Nem da bola, nem da bala". As crianças, temendo o amargo, recusaram o sabor de toda história. Eu, crescendo entre igrejas e meus santos de devoção, continuo credo aos unguentos, proteção contra doenças da terra. E, claro, um caruru, receita à base de quiabo, ideal no combate à diabetes. A pé, na mesma calçada, sem largar de mão os salões de botequim, deixo uma pro milagroso. Todo bar que se preza tem São Jorge ou Cosme e Damião zelando pelo estabelecimento. O Guerreiro tem a espada. Os irmãos, as balas sobre os pés, sempre iluminados.

Lembrei da Dona Natalina, carinhosa dona do Bar Varnhagen, falecida há poucos dias. Sentados, eu, Jaguar e o craque Chico Freitas notamos imagem guardando o bar. Chico, atento, antecipou-se:

— Dona Natalina, aquela redoma ali, um manto rosinha, é Santa Bertília?

— Meu "senhore", faz-me o "favore", é São Miguel Arcanjo! Sou devota!

Pra não perder a viagem, bom carioca, retribuiu:

— Bom também!

Com muita honra, compus com o mestre Nei Lopes um samba chamado "Vinte-e-Sete-Zero-Nove", uma homenagem à tradição. Salve, Cosme e Damião!

Festas populares

DIZ A HISTÓRIA QUE A FOGUEIRA é elo comum entre as festas juninas pelo mundo. O São João desse hemisfério assa as batatas no mesmo braseiro que esquenta um pouco o prado finlandês. Sardinhas são servidas no arraial português, e, original da França, as quadrilhas se mantêm numa valsa de interior. Nós, caipiras, dançamos forró, samba de coco, comemos pamonha e milho cozido, sempre em roupas com remendos. Pra acalmar o frio da época, uma caneca cheia de quentão. Sem esse vinho quente a quermesse não está completa.
Recorri a Batista, na trinca com Antônio e Pedro, pra alcançar São Jorge, Guerreiro.
Já faz um bom tempo que visito a igreja do santo nas comemorações de 23 de abril. O saudoso Camunguelo, estivador e flautista de mão cheia (e, que mão! Parecia uma raquete), me apresentou Quintino, o seu altar de devoção. A Rua Clarimundo de Mello, interditada, se tornava um Caminho de Santiago de Compostela suburbano com seus fiéis carregando espadas de São Jorge, o "galho" verde da purificação. No adro da igreja, a fome fazia o sinal da cruz. Copos de mocotó, caldo verde, angu com bofe, churrasquinho e linguiça no pão constavam no cardápio das cantinas benzidas.

Deu-se o estalo. São Jorge é das biroscas cariocas, dos campos de várzea. São Jorge é dos nossos. Lá fora, o samba corria solto e, amparado pelos soldados da música, fui acender minha vela na Rua da Alfândega, a capela emprestada. Lá encontrei, sentado nas cercanias, o mestre Jamelão, calça de linho branca, ouvindo o repertório na roda organizada pelo querido Marcelinho Moreira. Às cinco da manhã já se ouvia o rumor de fé e esperança por dias melhores. Tambores pra Ogum, oração a São Francisco de Assis e alguns goles na tulipa gelada. Sagrado e profano em perfeita harmonia. É uma festa popular. É São Jorge, o padroeiro dos renitentes.

Acordo pra missa das oito. Estou perfumado pro longo dia de comemorações, rever amigos, dar nó na fita vermelha e brindar com o Guerreira por mais um ano de vitórias. O padre oferece água benta, a emoção toca no coração.

Amém.

Em volta, um silêncio chama atenção. As barracas com seus temperos fortes, e bebidas no mesmo grau, foram proibidas. Caí do cavalo.

Se fosse possível traduzir, extraíram o gurufim da ressurreição. Um dia de aproximação da religião e seus admiradores cortado na raiz.

As garras desse dragão, o santo não esperava.

Já é Carnaval!

SENTI UMA PONTADA NAS COSTAS: era a chave da cidade, nas mãos do Rei Momo, me intimando a acordar pro Carnaval. Convocação com ares de alistamento, obrigatório em todas as vidas, confundo os desfiles na memória, o que vivi, o que ainda me aguarda. Ansiedade da espera, a fotografia na moldura. Lembrei da madrinha Beth Carvalho puxando o bloco Concentra, Mas Não Sai na sexta-feira que antecede a folia. A "quadra" ocupando a barra de uma esquina de Botafogo, Bar Mandrake, cerveja a balde e euforia nos tamborins com a baqueta de três pontas. O pouco peso da idade permitia combinar um macarrão na sede do Cordão da Bola Preta enquanto o sábado amanhecia.

Amanhã é dia, promete, embora os trombones esbarrem seus graves nos cones que circundam o novo Rio de Janeiro. Granitos forjados desde a Pedra do Sal, Gamboa, negritude brasileira. Tudo salta no asfalto remexido.

Gosto do Barba's. Nelson Rodrigues Filho honra o título de presidente da agremiação. O bloco presenteia os anônimos passistas distribuindo jatos d'água pelo percurso. Receio pela continuidade dessa tradição. A cidade se manifesta. Transatlânticos, percebidos pela paisagem pós-Perimetral, despejam no cais a ansiedade dos reprimidos. Vão se espalhar, fugidos do frio de outro hemisfério, por separadas alas das escolas de samba. Elmos com penas de um pavão selvagem, grossas tornozeleiras de inspiração guaranis, apertam a canela branca do russo esbaforido. Vale tudo. Até nunca mais voltar, novo passaporte, novo sexo. A noite pertence à Sapucaí, o maior teatro popular do mundo. Reis e escravos dividem o mesmo vagão no metrô arredor. Alguns descem a Providência, desembarcam no coletivo da comunidade, separados, às vezes, entre os Correios e a Central do Brasil. Enormes sacos plásticos escondem a arquitetura das fantasias. Uma fumaça de salsichões e espetos na bandeja areada fecham o cenário. Estou no Acesso, atual Série A, com a Renascer de Jacarepaguá, desfilando ao lado dos compositores da escola, um orgulho.

Uns acordam na Região dos Lagos, outros engarrafados nos becos da Praça Onze. Quem sou eu para aconselhar, mas beber com moderação também é malandragem. Domingo tem Boitatá, tem a Viradouro homenageando meu irmão e gênio Luiz Carlos da Vila. A Lapa explodindo hormônios, também tem. Tem a cidade costurada pelas serpentinas quem descem em espiral de um céu de ilusões, o sorriso do Neguinho na boca de todos nós, a paixão eterna de quatro dias.

Bom carnaval, rapaziada!

Santos Cariocas

AMANHEÇO DO FERIADO QUE NÃO TERMINA. São Jorge e Tiradentes, sem contar Pixinguinha, o santo carinhoso da música brasileira. Já faz um tempo, fui visitar um bar em Olaria, subúrbio da Leopoldina, especializado em pastéis: Bar da Portuguesa. Na época, conhecido como Copão de Ouro, o lugar transbordava carisma. De esquina, e ampla calçada, sento com ar de Farol da Barra, onde tudo posso ver. Encantado com a aragem, pergunto a Dona Donzília sobre a freguesia: "Alguém famoso, minha senhora?". E a anfitriã, trazendo os pratos: "O Seu Alfredo não saía daqui...", "Quem?", "Seu Alfredo! Pixinguinha...". Depois, apontou pra uma rua a 50 metros do meu copo, poucas casas e o nome do maestro na placa do logradouro. Tive delírios de Benguelê. Ainda argumentei sobre a mesa que ele ocupava em suas semibreves etílicas, respondida com um verbo: "Dei".
    Quis me suicidar.
    Durante anos, usei a sua imagem como um desses santinhos dados em graças alcançadas. De São Jorge eu tenho até o chaveiro. Uso um anel, mil camisas, além de pinturas, cavalos e dragões sob as vestes do Guerreiro.

Meu parceiro e escritor digno de Academia, Nei Lopes, orienta: "No Ceará, o santo é São José. Santo Antônio em Aracaju, mas no Rio é Jorge!".

Nosso eterno Jorge Ferraz, do Renascença, tempera um galo pra ocasião. Claro, feijoada não pode faltar. Jorge é de Aragão, é Ben Jor, é Veiga, Jorge é carioca. Uma grife.

De vermelho, varei a madrugada. Olhos da mesma cor choram na alvorada.

Os bares abrem suas portas mais cedo.

Uma mínima luz no alto da parede anuncia a sua presença. O protetor abençoa os tragos, enquanto outro choro, bandolins e sopros fraseiam ingênuos lamentos cochichando rosas pela cidade. É Pixinguinha contra o som da intolerância.

O Rio e seus rumores.

Aproveitamos a proximidade com Tiradentes enforcando a sexta-feira atrás de paz e bem viver.

Das cordas, só violões ou cordas de caranguejos. Espadas, só os peixes brilhando nas bandejas de São Pedro.

Quando morreu dentro de uma igreja, Pixinguinha virou orixá, louvado seja senhor. Jorge desceu Quintino, amansou o cavalo e virou partideiro. Sincretismo carioca.

Amigo eu nunca fiz bebendo leite

Memórias a pé

CANSO DE OUVIR UM SUBTÍTULO sobre Nova Iorque: cidade pra se conhecer a pé. E o Rio, com seus becos, desde o dos Barbeiros, das Garrafas, até o Beco do Rato, no baixo Lapa? Só andando.

Tinha eu 18 anos de idade, zanzando com o fígado ainda no plástico bolha, novinho, quando me deparei com o Beco das Sardinhas servindo um dos nossos melhores pratos de botequim.

O acesso pela Rua do Acre, diagonal, preservava seus altos mercados de grãos e cereais, uma via aberta ao santuário dos frangos marítimos.

Se o passante quebrava pela Rua Uruguaiana, cruzava o Paladino, bar com a melhor fritada da cidade, desviava do Bar Jóia imbatível no "Paio com Feijão", e, cego a esses quitutes, mordia a empanada sardinha aberta, deixando apenas a espinha no guardanapo engordurado.

A cidade paralela aos poucos apressados caminha por sagrados templos gastronômicos. Tudo permanece.

No Málaga, o leitão inteiro é servido quase diariamente, com ou sem maçã na boca. Atravessando o labirinto da Miguel Couto e mais oito pistas da Avenida Presidente Vargas, outro continente de sabores. Sanduíches do Bar Opus, delicadezas da Brasserie Rosário, o escondido Lord Bar, numa travessa da Rua da Quitanda, todos repletos de motivos que justificam as gastas solas de sapato nas cariocas pedras portuguesas.

É hora de fazer o teste do meio-fio. Equilibrado, um atleta na corda bamba, vale seguir o escrito.

Na Cinelândia de poucos filmes, o chope deixa a desejar. Houve um tempo no Tangará. O bar foi o inventor da batida de gengibre, um drink capaz de transformar qualquer fanho num Frank Sinatra suburbano. Lembrei que a rua dessa região tinha um codinome: Beco da Cirrose.

As pernas bambas, artérias em alto colesterol, reclamando a ausência de Resveratrol no sangue, apontam o guia para a Adega Flor de Coimbra, aonde não se permitem beijos ousados no salão apertado. Uma boa taça de vinho, o bolinho de bacalhau em forma de charuto, talvez um digestivo caseiro e o dia está ganho. Dizem que ali morou o pintor Cândido Portinari. Se ele fosse americano e o bar numa Quinta Avenida qualquer, a fila de turistas estaria dobrando a Sala Cecília Meireles, no início da rua.

Dependendo do hemograma, semana que vem bato perna na Zona Sul.

Prato do dia

NÃO ACREDITO! Pé de galinha, numa cabidela sem sangue, coberto de pimentas vermelhas, dessas que só ardem no olho? Maravilha! Sim, o fato aconteceu no Bar Botero, dentro do Mercadinho de Laranjeiras, ares de reduto colonial aos pés da elite tricolor. O susto faz sentido. Intriga que não tem fim, com diagnóstico de esquizofrenia comercial, atualmente, todos os bares sonham ser pés sujos. E vice-versa. O sujeito levanta paredes com mármore de Carrara, azulejos franceses no banheiro estilizado, decora com vidros de Veneza e, no acabamento, uma placa: "Boteco Fulano". Boteco? Antes de me aposentar das aguardentes e mais destilados, numa visita ao Beco do Rato, na Lapa, ouvi de um grupo eufórico que exalava juventude na mesa próxima, frases como essa:
— Não adianta! Só frequento pé sujo! É a minha praia...
Lembrei dos meus 20 anos. Só mesmo sendo o mais valente da região pra encarar um camarão em botequim. Apenas os insanos degustavam os cozidos jilós na travessa de louça, ou igualmente destemidos, nacos da mortadela de combate. Belas exceções provinham dos assados, lagartos ou pernil, com destaques honrosos à capa de filé, encharcada de cominho no molho.

De volta à mesa do Beco, o diálogo continua:

— Uma *premium triple* malte na temperatura birosca!

— E, eu, purinha envelhecida em barril de umbuarama...

Na gangorra do tempo a memória sorve outra uca de litro, traçando com cerveja preta de chapinha enferrujada.

Sugiro ao Marcio, o Rato do Beco:

— Que tal preparar os pés de galinha pra essa imperial turma da malandragem aqui ao lado?

Manicure feita, o regabofe foi servido com os requintes da etiqueta francesa, um original *coq au vin* de época.

Mal o aparador assentou dando conforto ao pirex com o quitute, um salto Daiane foi executado da praça desse botequim. As meninas gritavam coisas próximas a "que horror! Eca! Ninguém merece!". Enquanto os rapazes, esbugalhados, apostavam a noiva que se tratava de um chupa-cabra a passarinho. O resumo de ópera Babete é simples: cada um entende a vida e suas referências. Hoje, acompanho à distância perseguições yonescas com movimentos de bullying ao paladar alheio.

O seu bar preferido pode ter moscas ou essências indianas no piso hidráulico. Um sommelier, um chefe sensível, ou até mesmo um mal-humorado profissional, que insiste na profissão de batucar ou tocar instrumentos, principalmente cavaquinhos. A vida é tão curta, que, na medida certa, quem decide a gordura é você.

Em tempo: o pé de galinha foi preparado em homenagem a Chico Sales, grande forrozeiro, nordestino carioca, que introduziu zabumba e sanfona na comida do Botero.

Estou curioso com o prato do dia quando domingo estiver pra boleros.

Mesa de bar

EVITANDO O GOOGLE assumo o risco em afirmar que partiu do imortal Noel Rosa a primeira homenagem a uma mesa de bar. Um confessionário a céu aberto, este mínimo metro quadrado substitui divãs e terapias, inspira alguns poetas e, principalmente, serve de trampolim pra fígados em vertigem.

Cronista semanal, assistindo ao cronômetro zerar o prazo exigido pelo tipógrafo na impressão dessa página, atravesso a cidade atrás de qualquer birosca que tenha uma mesa com as cadeiras ocupadas pelos gaiatos necessários à nossa cidade. Se a sorte bater três vezes, assim meio Reginaldo Rossi, tô feito.

Existem bares como o Paladino, ou o Villarino, aonde essa peça merece destaque no mobiliário. Um, mantém tampos de mármore desde os primeiros uísques de Tom Jobim, algumas rosas, cor nobre da pedra italiana, mesas de histórias muitos segredos. No Paladino, predominam madeiras que, presumo, foram desviadas da última caravela portuguesa. Algum galego apaixonado fez a mulata no canto do salão e prometeu ficar para sempre em terras cariocas.

Posso citar variações sobre o mesmo tema. Na Adega Pérola, a mesa é compartilhada. Sentam seis, quase um Coração de Leão se a forma retangular não predominasse. Pra fechar, outra adega, a Cesare, também, Copacabana. Lá, os copos deitam numa madeira redonda que cobre um barril de chope. Pequenos tamboretes dão a altura necessária para a bebida laringe abaixo.

A pressa me acomodou no primeiro pé sujo que avistei na redondeza, bar de assíduos, quando a sua vida já foi revirada de ponta-cabeça, até os pecados da infância.

O ouvido de um cronista tem faces de dramaturgia, um ator sem tablado. A orelha "em si" tem perfil de egípcio, mas na concha, parabólica humana, toda a cartilagem permanece focada no assunto, na fofoca. Foi com esse aspecto de araponga que absorvi diálogos inteiros, quase um capítulo rodriguiano.

O mais sagaz, aquele que jamais senta de costas para a rua, desliga o celular e comenta:

— Cumpadre, minha mulher é igual ao saci. É só falar três vezes o seu nome que ela aparece.

Ameaço rir, mas se aproxima um sujeito, íntimo do grupo, sorridente, de banho tomado e camisa engomada, e nasce a observação:

— Aí, malandro, roupa nova. Tá parecendo capa de bujão!

Penso em pagar a conta dos frasistas intuitivos, mas diante da distração provocada pela estonteante vizinha do sobrado em frente, recolho o carro, os bois na calçada, saindo de fininho a tempo de ouvir: — O Viagra só é azul porque caiu do céu!

Contei as palavras. Essa também entra no texto!

Nas calçadas da cidade

DIA DESSES, DIVIDI UM TINTO PORTUGUÊS com meu parceiro e ídolo Hermínio Bello de Carvalho no clássico Paladino, centenário bar do Centro do Rio, na última esquina da Rua Marechal Floriano. As prateleiras que expõem destilados e uvas engarrafadas lembram as farmácias na antiga ortografia, um PH de sensibilidade entre ânforas de ginjas, genebras ou brasileiras batidas de limão. O dono, Ricardo, relembra as visitas de Gonzagão, levando pra casa galões de uísque. Imaginei o Rei do Baião pedindo uma fritada de queijo com cebola, especialidade da casa, em trajes de vaqueiro nordestino, sorriso de lua cheia e voz grave nos versos de "Asa Branca". A conversa rende cenas no melhor da nossa cidade, o convívio. Bem perto, uns 20 passos, a Igreja de Santa Rita, a santa das causas perdidas. Entrando na Miguel Couto, rua com ares de riacho em trechos submersos, o Restaurante Málaga, imbatível do leitão à Bairrada, servido inteiro às quintas-feiras. Salivas se manifestam nesse hemisfério abaixo da Presidente Vargas. São sardinhas fritas em revoadas, abertas com asas de fubá ou farinha de mandioca, todas douradas no tempo da escumadeira.

Parênteses.

Se esses marítimos tira-gostos fossem servidos na Europa, nossa Tia Estela Turismo inventaria concorrido roteiro de viagem levando brasileiros famintos atrás de menus indispensáveis.

Reivindicações passadas transformaram aquele pedaço do "riacho Miguel Couto" em beco, Beco das Sardinhas. Na outra ponta desse quadrado gastronômico, a Rua das Violas, atual Teófilo Otoni, com calçadas pisadas por Machado de Assis e seus personagens cariocas. Nesta rua que apontou pro mar na época do Cais dos Mineiros, serviam um prato alemão chamado Labskaus, receita mantida no Faria e no mesmo Málaga, do apaixonante Augusto, capitão desta cozinha internacional. Jaguar, o nosso fígado de ouro, revela alguns ingredientes: "pepino e peixe defumado, com dois ovos, quase um 'a cavalo'".

Essas incursões pelo Centro trazem uma certeza íntima: ainda temos muitos potes de ouro nesse arco-íris que tinge a Guanabara.

A vista do Albamar, na Praça XV, o Morro da Conceição com suas janelas para a Gamboa, a Pedra do Sal, relíquias de uma cidade-mulher, sedutora como as lembranças sussurradas pelo poeta Hermínio na mesa do bar. Um hipotético holograma aproximou Clementina de Jesus, a voz negra do Brasil, arrastando a sandália na Taberna da Glória, memórias pra outra crônica desse livro chamado Rio de Janeiro.

Garçom de borboleta

VOZ DE INTIMIDADE E COPO VAZIO erguido na mão, o gaiato ao meu lado grita do balcão:
— Ô! Feijoada de Pobre, manda outro na pressão!
Guardei o riso, na resposta do enfezado:
— O cara só tem orelha!

Foi com esse apelido que Severino, garçom de um clássico bar tijucano, criou fama entre os pinguços do bairro, com direito a festa no 11 de agosto, data comemorativa da classe. Me antecipo na ansiedade de ser logo servido.

Um sujeito que veste terno branco, longe de ser bailarino; é atração no batizado quase sempre com uma gravata borboleta mesmo sem ter as mulheres do James Bond e, ainda escuta, freudiano, às tuas lamurias na madrugada, merece uma data especial.

Alguns ganharam fama como o Chico, da Alaíde, hoje capitão do próprio navio. Jóquei por hobby, Chico tem a altura certa para cruzar o salão com a bandeja lotada de caldeiretas sem tocar nas volumosas barrigas que travam o caminho. O mesmo percurso que alçou o craque Antônio Rodrigues a dono de mil Belmontes e outras biroscas de luxo.

No Lamas, o terceiro mandato também é inconstitucional. Saiu Vieira, mestre da simpatia, disputando a coroa, mesa a mesa, a dupla Pedro e Zé Melo. O restaurante, com quase 130 anos, acolhe os boêmios, noite adentro, todos inteligentes e dispostos, como sempre, em salvar a humanidade com generosas doses de uísque e fritas à francesa. O garçom precisa ser poliglota.

Madrugada-ícone marcada no relógio do Nova Capela, o rei do cabrito no breu da Lapa. Ali, na praça perto do banheiro, o delegado tinha nome: Cícero, do sertão cearense, o preferido dos músicos e atores dos arredores. Mancando de uma perna, batia os cem metros na velocidade de um jamaicano pra atender os laricas esfomeados. Cícero se aposentou assim como o Paiva, do Jobi, ou o Barriga, 30 anos de Paladino.

Alguns desses anjos da paciência mereciam estátuas de bronze, um Drummond sentado e ladeado por Jobins e Pixinguinhas nas biroscas cariocas.

Novos craques emergem feito nossas pérolas das pelejas. Na Palace, churrascaria tradicional de Copacabana, Índio é orgulho da casa. Inventa cortes, descobre fatias magras em carnes proibidas e guarda seu nome para sempre, um amigo íntimo.

Penso, no auge do meu exagero, que comemorar o Dia do Garçom seja tão emocionante quanto a data para as mães: afinal quem nunca chorou no ombro desses heróis anônimos que empreste o lenço!

Mil banheiros

OS NÚMEROS ASSUSTAM. Me fazem lembrar um conto do Gabriel Garcia Márquez, a memória desconhece o título, mas narra a saga de uma mulher decidida a contar as batidas do seu coração. Nesta crônica, confesso a igual progressão aritmética, pirei com a quantidade de banheiros que visitei por esses botequins mais vagabundos, desde a primeira cerveja bebida no Méier, em 1973. Somei oito mil, entre sanitários e mictórios. Excluindo os repetidos, devido à fidelidade pelos salões perto de casa, ainda restaram mil toaletes inéditos.

Se alguém me perguntar o motivo de tal cisma, um censo de bexigas, pesquisa sobre rins e uretras, carrego um diurético mais esdrúxulo, uma justificativa crônica: como consegui reconhecer o acesso ao sexo da minha casinha, o famoso W.C.?

Outro dia, ofegante por ouvir histórias de futebol, visitei o simpático Bar da Eva, onde o assunto impera desde a primeira bola de couro costurada até os gols do Neymar em campos espanhóis. Bebe-se um pouco e vem o manjado impulso prostático. Olhos procuram o reservado, pernas tortas feito um Jerry Lewis, e travo na entrada. Os indicadores são chuteiras. A preta, deduzi quase molhado, é a dos homens. Às mulheres, rosinha.

Na época do Casual, bar do genial Chefe Santos, na Rua do Ouvidor, a identificação eram sapatos, salto alto ou sola grossa com cadarços. Num sábado de Carnaval, o sujeito pode se confundir. Outro famoso restaurante tijucano, o Turino, ótimos pratos, decorou seus avisos com imagens de deuses gregos. A diferença está no busto pouco avantajado da nossa Afrodite, os dois em bronze queimado.

Já testemunhei placas num formato de calcinha e cueca separando as partes. Índios e índias classificados por penas ou toureiros com cravos e rosas, sexo oposto num mijo fundamental. Uma loucura.

Com todo o respeito, prefiro as invenções de boteco dirigidas aos temperos e petiscos. Um pouco do óbvio, masculino e feminino, não faz mal a ninguém.

Fechando esse úmido ambiente, certa vez fui repreendido num bar paulistano por ter feito uso do banheiro para Pessoas Especiais, estava escrito na tabuleta. Argumentei ter recebido tantos elogios naquela gloriosa tarde de samba e cerveja que acabei perdendo a noção da modéstia. Tudo esclarecido, lavei as mãos e cumprimentei os novos amigos.

Foi nos bares da vida

NUMA SUPOSTA MATRIZ CARIOCA, um GoogleBar no mouse de setas e bússolas pelas biroscas da cidade, alcançar o galeto do Sat's, em Copacabana, exige um ícone de lucidez. Explico. Após o túnel que desemboca na primeira visão da praia famosa, você engrena a marcha numa curva sinuosa à direita, e a Barata Ribeiro se traduz num susto. De cara, o Cervantes e o galeto, que só fecham pra enxaguar o piso. Sérgio, o atual dono, morou longos anos na outra calçada. Quase uma vida a pé assistindo ao trânsito frear na beira das pernas. Espantos de um pré-atropelado, conseguiu sobreviver ileso às cambaleantes voltas ao lar. Vermelho, sem ser do sol, me conta: "Moa, conversei com meu anjo da guarda. Estou vivo depois de mil travessias nesse globo da morte! Ah! Da minha residência, só restou o CEP. Também mudei pro mesmo 'par'". Agora, o caminho de casa é tateando nos prédios da vizinhança.

Belo bar. Além do imbatível espeto-colesterol de coração de galinha, cristaleiras com cem rótulos de cachaça adornam em lambris a nova decoração. Sem modismo, um autêntico bar carioca.

Lembrei de Alexandre, botafoguense e diário nas mesas do Adônis. Exagerado, mantém seu próprio freezer no salão do bar.

Dentro, mantas de carneiros, cabeças de bacalhau ou javalis de Guapimirim. Em dias inspirados, cadeado aberto e o cardápio está resolvido, mesmo que em nada se assemelhe ao prato do dia. É quando ficção e realidade se confundem. Você dorme pinguço e acorda "português" do botequim, o dono da tendinha.

Força de expressão, o pé na jaca na arruda da orelha. Algo assim. No Cachambi, bairro da Rua Honório, móveis de madeira, qualquer passo apertado e a lupa já classifica como Todos os Santos, um satélite da região.

Redondeza familiar, uma névoa de churrasco identifica a fachada do Cachambeer, o bar preferido do prefeito. A tal fumaça nasce no vapor das gigantes costelas de boi assadas nos contêineres da calçada. A ordem é jamais economizar no tamanho, nem na gordura. Na gerência, Marcelo, nascido cliente da casa até um decisivo porre de saideira: "Eu queria beber mais, o portuga não deixou. Comprei, como se diz, com as portas fechadas pra ninguém precisar sair da mesa. É a vida!".

Mauro Diniz conta que, numa madrugada em Madureira, o gênio Nelson Cavaquinho, sentado com amigos, pede mais uma prontamente negada pelo dono, "já estamos a 'fechaire'". O autor de "Folhas Secas", voz rouca, apela em última instância: "faz um preço na mesa e nas cadeiras, inclui um conhaque e pode ir embora!".

Isso é Rio de Janeiro.

Prato feito

A CONVERSA VARANDO A MADRUGADA, ânimos exalando álcool e certezas, nossa madrinha Beth Carvalho carimba, numa discussão digna de um Mário Filho ainda na geral, o juízo final: "Nada disso! Gastronomia é carioca. Até arroz com ovo é invenção nossa!". O amigo paulista tenta impor uma pizza ao debate, quem sabe, entre costeletas, o clássico virado, tutu e a gema dura, mas, interrompido, engoliu outra verdade, "me escuta, o feijão é carioquinha!". A cena, banalidades na mesa de bar, foi vivida no extremo sul da Presidente Dutra, num bairro boêmio da Terra da Garoa, e já conta uns 15 anos na memória papilar.

O tempo em banho-maria foi embranquecendo meus cabelos, a voz mais grave, a pele quase puruca. Dias insossos, outros tantos apimentados, salivo na festa de lançamento do novo livro do amigo José Trajano, "Procurando Mônica". O banquete aconteceu na Livraria Folha Seca, a carótida interna do Rio de Janeiro. Me lambuzo de palavras ouvindo "crânios" como Ruy Castro e Calazans. É sábado. O sol cerca o casario da rua predileta do cafuzo Machado de Assis. Procurando um canto pra me encostar, bares e seus cardápios na ponta do giz da tabuleta, me acomodo na Toca do Baiacu. A pequena reforma não disfarça a real identidade do estabelecimento, um pé sujo de primeira com direito a torresmo na estufa do balcão e cerveja de garrafa no copo americano. Faço uma pausa. Pra mim, um recipiente dessa nacionalidade nasce de papelão, consistência necessária pra proteger a ponta dos dedos do ralo café que ferve completo à última borda.

Já vestido de freguês, peço o cardápio.

"Quer comer um peixe, feijoada? 'Qué' pastel de camarão, frango com quiabo? Pede que eu faço!", sorri o mestre Marquinhos, o dono do pagode.

A cozinha tem as medidas próximas à quiosque de chaveiro, às vezes amolador de facas, troca-se bateria de relógio. Às vezes, bombeiro hidráulico. Continuo:

"Esse peixe..."

"Truta! Faço na brasa. Fiz uma churrasqueira no teto da casa. O carvão tá tinindo!"

Ainda "corujei" a carne assada no prato do Álvaro Costa e Silva, o marechal mais civil das patentes suburbanas. Afilhado do Nelson Cavaquinho, suspendeu um noivado pra velar o mestre de "A Flor e o Espinho".

Aquarela carioca, a crônica reverencia um bem imaterial, o bom humor, último fio de cabelo nesse mar encrespado que ressaca a cidade, um osso duro de roer.

A gente não quer só comida

O TAXISTA ME RECONHECE, diz que leu a coluna da semana passada. Ufanista, me chama atenção: "Na Tijuca também tem ostras! Bar Britânia!". Fingi estar surpreso. Sou amigo de um dos donos, João, desde que a galeria ao lado, na Desembargador Isidro, abrigava um teatro de ótimas acomodações. Morei anos no bairro. Outros seis de vida tive o CEP numerado no Méier. O subúrbio tem novidades gastronômicas de encolerizar muito chef parisiense.

Falecido no amanhecer de 2004, Paulinho, do bar homônimo, coalhava o sangue usado na galinha à cabidela criando grossos bifes proibidos por uma dessas estranhas leis do consumidor (em São Paulo é proibido servir ovo com a gema mole. É mole?). Ali perto, Benfica, entre lustres e ventiladores de teto, reina, absoluto e merecido, o bar Adônis, capitaneado pelo craque Antero. Chope não se discute, um dos melhores quando o Rio ainda era Guanabara. Bolinhos de gadus morhua são tratados como brincos reluzentes no faminto cordão dos boêmios cariocas. Outro dia, o cardápio exposto na parede oferecia bochecha de bacalhau. Frase manjada, "alguém já viu uma cabeça de bacalhau?", me veio aos lábios. Pelo menos um beijo dou na cara dessa maravilha dos mares! Rondando a área, impossível atravessar a Capitão Félix e não entrar na Cadeg. Dentro, Rua 4, o Barsa e, entre as salivas provocadas, encontro um prato à base de carneiro. Só o pescoço. Frases soltas, a cidade é exótica no paladar. "Quem é do Méier não bobéier": sabe que por lá se come codorna e rã à milanesa. Antigos botequins da Zona Norte, chão esfoliado, carcomido de jurubebas e outras aguardentes dadas aos santos, mantêm primitivos jilós na água e sal, pé de galinha com as unhas aparadas, moelas no palito, torresmo de engordurar a maca de um ProntoCor. Passado revisitado, leituras modernas, rabadas e carnes-secas guisam com ares de filé mignon. Os pastéis, antes tímidos de queijo minas, vento e pingos de óleo, andam vestidos de damascos, gorgonzola e faisão. Cá pra nós, igualmente estranhos.

Não posso perder o itinerário, a linha do trem, mas, recentemente num casamento burguês, não reconheci qualquer canapé servido. Saudade do pernil com maionese e farofa.

Pra quem já comeu tanajura frita em Bangu, rabicó de galinha numa birosca da Penha, brandadas e outros tartares são tratados como sobremesa no espumante do dia.

O taxista faz o troco com outra sugestão: "Tem carpaccio de avestruz na Palace, churrascaria de Copacabana...". Deixa pra lá, ainda estou no subúrbio, cobra na garrafa de cachaça, mulato velho e caldo de galo no esquecido armazém do pendura.

Os donos da tradição

UM TELEFONEMA ME FAZ SALIVAR: "Moa, tô aqui servindo uns bolinhos de bacalhau feitos na casa... Sim, aqui no Paladino! Apareça!". Convite aceito, ainda escuto o forte sotaque vascaíno encerrando a ligação. Ricardo é o dono há 40 anos desse antológico bar fincado no fim da Rua Uruguaiana. Mobília original no arco que separa os dois ambientes do salão, é reconhecido pelo sanduíche triplo e omeletes que intimidam o alto colesterol com tanto sabor. Vitrine clássica, pode ser considerado um pequeno armazém com seus queijos, folhas do peixe salgado, vinho e diferentes destilados, ginja, genebra, vermutes e anis estrelado.

Me chama atenção um detalhe raro de se ver, o dono na caixa registradora. Sei que no subúrbio a cena é frequente. Além de proprietário, o sujeito é garçom, cumim, faxineiro e às vezes ainda entrega em domicílio, sim, ele mesmo. A esposa estende seus dons culinários à vizinhança, carne assada e cozido, enquanto o filho se debruça sobre o dever de casa na última mesa, perto dos engradados.

Entende-se o mau humor constante.

Voltando ao Centro da cidade, estico a visita. Dobrando a Miguel Couto, rua em fatias; dois monumentos, um de fé, o outro, gastronômico: a antiga Igreja de Santa Rita de Cássia e o Restaurante Málaga. Eu cismava que a santa nascida na Itália fosse padroeira dos estivadores. Rita, me perdoe a intimidade, protege as mulheres que sofrem com os maridos violentos. Um empenho que me emociona. O Málaga tem uma porta de correr. O vidro fumê nubla a vista dos passantes à nobreza da sua cozinha. Nesses dias de inverno o leitão anda fixo no cardápio. Sou um privilegiado. O dono, seu Augusto, rodando as mesas sugerindo as muitas especialidades, me traz de entrada um polvo finalizado com azeite e páprica. Augusto senta comigo. Falo da paróquia em frente e ele me diz que estamos sentados no "terreno" do campanário, o último inquilino. A região foi colônia alemã no início do século XX, o que justifica, até poucos anos, a existência de tantos bares germânicos. Cheguei a traçar um Labskau nas redondezas. E "que beleza!" a Rua Teófilo Otoni já foi chamada de Rua das Violas. Afrouxei minhas cordas com a inocência do nome. O chefe espera o fim das obras e aposta na revitalização desta área cercada de referência de uma época fundamental para se reconhecer a genética carioca.

Ainda mordi três sardinhas no conhecido beco dos bebuns e fanáticos, como eu, dessa iguaria dos mares. Se não fosse o defeso protegendo a espécie nasceriam escamas nas minhas costas.

Paladino e Málaga resistem feito os golfinhos da Baía de Guanabara, as cotias do Campo de Santana, a capivara da Lagoa Rodrigo de Freitas. Um dia, somem na poeira, saem do mapa e não há jumento ou Domingo de Ramos que ressuscite essas vidas.

Eu voltei pra ajuntar pedaços de tanta coisa que passei

Finados

FINADOS. PROVAVELMENTE CHOVEU, uma tradição na data, assim feito concurso de miss: sempre o mesmo cerimonial. Nos dois casos, um choro contido.

O noticiário local transmite a romaria em torno dos túmulos de Carmen Miranda e do cantor Paulo Sérgio. Incontáveis coroas e pétalas de solitárias rosas espalhadas nas aleias e labirintos de estátuas, vasos de gesso e retratos ovais.

No samba há mais alento no gurufim.

Lembro respeitosamente do velório da Dona Helena, mãe do parceiro Aldir Blanc. Madrugada, cemitério vazio, Pimenta, amigo próximo saca o baralho e propõe uma sueca no banco inteiriço que emoldura a cena. Um isopor, do nada, se materializa com latinhas pra lá de geladas. Nada de copos. O Bar do Momo, estabelecimento frequentado pela família, oferece dois litros do maracujá da casa, o ideal para acalmar o coração. Trunfo distante, sobrava sete debaixo do ás.

Outro fato.

Sou um dos primeiros a chegar no São João Batista pro enterro do querido João Nogueira. Sete da manhã. Direto do aeroporto surge o mestre Zeca Pagodinho: "Pô! Velório de sambista tem que ser em Inhaúma! Lá é 'buteco' pra todo lado!". Desabafo feito, abriu a carteira e bancou no distante bar o primeiro engradado de cerveja em garrafa. O ator e amigo Otávio Augusto, aos prantos, traz pelo braço o craque Luiz Ayrão. Diz a lenda que os dois, Luiz e João, eram diariamente confundidos, o que causou alguns suspiros no salão. Eliana Pittman, emocionada, marca presença com um raro uísque escocês, bebido sem gelo, gole a gole. Antes do meio-dia, o Clube do Samba desfilava bêbado na capela 2.

Aliás, na exumação do Booker Pittman, padrasto da nossa cantora, desapareceu o saxofone com o qual foi enterrado, causando um sopro na lembrança da família.

Pra fechar.

O saudoso Cláudio Camunguelo, um exímio flautista, eventual estivador, rodava os terreiros de samba cantando um sucesso apropriado:

Eu vou fingir que morri
Pra ver quem vai chorar por mim
E quem vai ficar gargalhando no meu gurufim
Quem vai beber minha cachaça e tomar do meu café
E quem vai ficar paquerando a minha mulher!
Finados.
Vai que não chove?

Carioca, um estado de espírito

ANDO SENTIMENTAL COM A CIDADE e não faltam motivos. Por esses dias assisti a um campeonato de purrinha, torcida e excitação dignas de uma final de futebol. Uivos apaixonados cortavam a esquina da Rua Barata Ribeiro, rivalizando com os inferninhos da Prado Júnior, extrato do Rio de Janeiro. Decidido o vencedor, recorro ao primeiro táxi com ar ligado disposto a subir a Cândido Mendes.

Volume alto, o motorista ouvindo um CD do Benito de Paula, sussurra em prantos: "Ela tem que voltar pra mim!".

Ofereço a minha solidariedade, digo que uma hora tudo se ajeita, e ele continua: "Mandei flores! Até aquele bombom numa caixinha de coração, comprei e, nada! Dois anos juntos".

O homem soluçava de engasgar. Comovido, pergunto o "xis" da separação: "ela descobriu que eu sou casado. E isso é motivo para me abandonar?".

Um carioca nato.

Não comparando as barrigas, Zona Sul ou Zona Norte mantém esse perfil de intimidade.

O fulano encosta no balcão e, com meia hora de cerveja, se transforma no teu amigo íntimo, dormindo padrinho na família.

Fantasia. O Obama decide ficar três dias na Praia de Ipanema, aprende a jogar altinho, ganha o apelido de "Babá" e abre uma conta da barraca das cadeiras. Tapinha nas costas, até os seguranças do poderoso abandonam o cargo atrás de uma caipirinha.

A celebridade no Rio de Janeiro implora pra ser reconhecida. Sinceramente, um estado de espírito que emociona.

Inventamos um samba, segunda à tarde. Clássico dos Beatles vestido de samba-enredo. Bailinho, feijoada nas agremiações e Baixo de todos os bairros.

Na Gávea, alta tempestade, um gaiato atravessa a enchente numa prancha de surfe, evoluindo feito o Havaí.

Nada perturba. O trem aperta e sai um partido alto. A fila estanca e surge um cambista mais à frente.

Vale o escrito, não é uma identidade conformista.

Politicamente, somos de oposição. Quando o nanico cresce, a turma recua.

Assim a vida segue.

Guardei o cartão do taxista apaixonado. Preciso saber o desfecho daquela história e ouvir, sem preconceito, o Benito profetizando: "Mas chegou, o Carnaval / E ela não desfilou...".

Sensação Térmica

NESSA MINHA VIDA DE BÚSSOLA descompassada, morei, criança em Bangu. Não havia sensação térmica. Era imersão tórrida. Quase esquizofrênico, zanzei também por Copacabana, no tempo em que a Avenida Atlântica ainda seguia em mão dupla, lentos carros do Leme ao Posto 6, rés da TV Rio e seus primeiros estúdios. Os turistas usavam um bronzeador vermelho aditivado, um urucum-bull no formato de travesseiro.

Na volta ao hotel, metade da pele assada e tatuada para sempre no quarador das esteiras de palhinha, o que sobrava, ardia mais que pimenta malagueta, daquelas do Pará. O sujeito fritava a olhos nus, não era sensação. Alguns sentavam ao redor das barraquinhas de refrigerantes implorando por uma barra de gelo na cabeça. Os artistas de plantão frigiam ovos no asfalto pra lá de selvagem. Pedido feito: gema dura, por favor!

Bangu registrava a máxima.

Das ruas desenhadas com pó de pedra, o calor produzia um delírio de fluidos em chamas.

Não era sensação apenas, qualquer um derretia ao meio-dia.

O ventilador, tonto de tanto girar, pipocava no piso da sala. Mais barulho que eficiência, suas palhetas lembravam hélices de um antigo Electra da ponte aérea.

Recentemente criaram e distribuíram nas ruas os termômetros com anúncios publicitários. Cá pra nós, aquelas torres com números digitais, apresentando graus centígrados dignos de recordes enquanto as autoridades climáticas, desmentindo a quentura, amenizam com leques o teu suor, agride.

Parênteses.

Outra categoria que usualmente contraria os dados de um verão abrasador é a de taxista.

Você precisa implorar, desidratado, pra ligar o ar condicionado e ainda escuta um grunhido enquanto os vidros são fechados.

Voltando à vaca quente, a novidade é a sensação térmica.

Com ares de fim de mundo, o sujeito, quase um beduíno do Saara, se achando rejeitado no purgatório, anota a última frase do apresentador com um dedo no mapa virtual: "Na verdade, é apenas uma sensação térmica!".

Recordo um vizinho que, pego pela Lei Seca com um litro de uísque na cabeça, hálito de barril de pólvora, se desculpa ao agente da operação: "Meu camarada, parece que eu bebi, né? Mas é só a sensação. Tô bonzinho!".

Mais um caso pro Santo, o protetor.

Dicionário de palavras comuns

ENCOSTADO NO BALCÃO, anoto na memória palavras soltas da mesa próxima. Preciso delas pra aprontar minha crônica semanal.
O ouvido esgarça feito o megafone da RCA:
— Rapaz, na hora de descer o caixão, minha tia se curvou na despedida e a peruca caiu!
— E aí, Pacheco?
— O coveiro, com a pá erguida, soltou o seguinte: "Madame, a peruca vai ou fica?".
Ri com os olhos pra não invadir a privacidade.
— Essa minha tia também é boa de copo. Outro dia se aborreceu comigo quando soube que Zumbi tinha morrido há trezentos anos: "Pô, meu sobrinho! Deixei de beber uma cervejinha na birosca pra 'vim' na festa de quem já morreu? E eu aqui procurando um defunto?".
A conversa seguiu. Ainda ouvi na saideira que Zuzu, a tia, pegou no sono e fez três "ida e volta" no ônibus do bairro.
O trocador deu uma cutucada no fim do último trajeto: "A senhora tá de 'bob'?".

Zuzu, acordando assustada, apertou a cabeça: "Meu filho! Como eu fui sair de casa com bobes na cabeça?".

São movimentos que a literatura não traduz, a expressão.

O freguês aqui do lado desliga o celular e murmura pra eu invejar:

— Hoje vou tirar o coelho da toca.

Acena pra cozinheira no fosso da cozinha e dispara outra manjada: "Tu não é Ave Maria, mas tá cheia de graça".

Páginas desse dicionário de palavras comuns.

Imagino que em qualquer cidade brasileira aconteçam diálogos abeirados, mas no Rio de Janeiro o som de cada substantivo ganha requintes de um nome próprio.

Na calçada, o flanelinha gesticula:

— Doutor, deixa solto!

— Não me chama de doutor que eu te opero.

— Que isso, patrão?

— E não me chama de patrão que eu te demito!

Fazer o quê?

Intimidades cariocas.

O papa e a globalização

À PROCURA DA CRÔNICA PERFEITA, chafurdei da última memória uma pequena história com ares vaticanos e outras combustões.

Sem querer arriscar uma corrida na bandeira 2, pedi a um amigo particular que avaliasse a qualidade do churrasco servido numa festa em Jacarepaguá. Como dizia um tio por parte de mãe criado em Queimados: "Quer fazer, faz direito!". Meia hora depois, liga o parceiro: "Não vem, não. Isso aqui 'tá' igual a eleição de papa, só tem fumaça!".

O galo, que já não canta mais no Cantagalo, se assusta com bala perdida, o metrô empaca em Inhaúma e, mesmo assim, o carioca sobrevive com essas tiradas, praticamente um online de calças e mochila na direção do trabalho.

Um papa argentino.

A essa altura do dia, os bares queimam piadas na chaminé da ironia. A conversa tem a face de uma primeira página decorando a banca da esquina. Somos assim. Os mais criativos esperam o Carnaval e, do armário pessoal, saem casca de tartaruga imitando uma Ferrari do Barrichello, a capa do Batman vestindo a máscara do Joaquim Barbosa, incluindo os dentes com problemas oclusais do Ronaldinho Gaúcho.

Ano que vem, claro, jesuítas e batinas em azul e branco no desfile do Boitatá.

A Praça de São Pedro me fez lembrar os áureos tempos de Maracanã lotado, transitando devotos e torcedores apaixonados.

As apostas, feito purrinha de balcão, cresciam entre bandeiras nacionais, tremulando brasileiras por nosso papa favorito.

Dissipada a fumaça, minha intuição crava: "Será um emocionante pontificado". Da mesma tendinha, salaminho no limão, o gaiato expande: "E do Chávez, não vai nada? Também morreu o assunto?".

Acostumado com discussões sobre a escalação do time no Torneio Relâmpago de 1943, as medidas da Miss Renascença, a bela Aizita Nascimento, favorita ao título da Guanabara, os marmanjos atualmente desfiam sabedoria em diferentes temas globalizados. Discordam sobre o tamanho da cauda do meteoro da Rússia, batem o pé com a possibilidade de se patentear os genes de algumas doenças, todos ainda exaltados com a dívida grega no Mercado Comum Europeu: "Onde há fumaça há fogo, vai por mim", desabafa o bebum fechando o W.C. masculino. Conta fechada, três penduras e um varejo pra viagem, a vida continua.

Daqui a pouco o novo papa chega ao Rio de Janeiro. Com sua impressionante humildade, alheio aos sapatos e tapetes vermelhos, se o Santo Pontífice abandonar o papamóvel, cruzando o subúrbio num coletivo qualquer, o malandro oferece o assento: "Ô, Chico, 'tamo junto'! Senta aqui, santidade!".

E ainda põe a camisa do time sobre a estola branca abençoada.

É proibido

OUTRO DIA, LENDO UMA CRÔNICA do querido Ruy Castro, "O Ovo na Legalidade", travei com essas cismas de época e outras proibições. Mais além, entre tantas conclusões, lamento o fim de uma civilização gastronômica, uma era de prazeres à mesa riscado em vermelho de qualquer receita médica. Um simples pão na manteiga é proibido. Novidades linguísticas, como gordura trans e glúten, incineram o pobre paladar tascando a faca em amidos e carboidratos.

Teria sido a urgência do Todo Poderoso de criar o mundo em sete dias, guardando pra ressaca as decisões mais calóricas?

Salivo com peles de galinha e cristais de picanhas, mas o limite é uma lambida na foto que anuncia promoções no mercado. Chocolates, somente depois de alta porcentagem de cacau e, no caso de um viçoso azeite, acidez mínima, "zero-dois". Aonde já sem viu?

Na verdade, essa obsessão por proibir é quase patológica.

Geralmente a mesa que te agrada no restaurante já está reservada. Desde que abriu, reparei. Instrumentos sonoros em botequim: proibidos. Beber cerveja na mureta da Urca, no melhor bar do bairro, anda perigando de ser excluído das nossas atrações cariocas. O sujeito viaja pelas praças de Roma cercada de mesas por todos os lados, uma Babel de pedidos e beijinhos sem ter fim. Aqui, o coitado abre o toldo arriscando quatro cadeiras e, antes do primeiro freguês, já sentou a fiscalização lacrando inclusive o café de bule no balcão. Em tempo, soube de fonte confiável que batida de limão, pronta na garrafa, é proibida. Só feita na hora, agora como patrimônio, em forma de caipirinha. Sou a favor das validades, sim. Não dá mais pra encarar gato por lebre. O organismo se manifesta, se revolta, quer dizer, se revira. Repetitivo, vem à cabeça um salmão que comi numa dessas biroscas da vida. Sinceramente, o gosto se aproximava a uma sardinha pintada de rosa, talvez um pouco mais salgada.

A novidade da semana beira o espanto, um pasmo diante do gol perdido: é proibido entrar sem camisa no Sir Maracanã! Pior, ficar de pé, acompanhando a direção da bola do seu time de coração, também está fora de questão. Proibido. Espero que seja boato, mas até aparelhos que medem decibéis serão instalados nas grades coibindo gritos mais histéricos. Quando eu digo que temos um estádio de gravatas, sou implicante.

Na TV, uma baiana é entrevistada antes de começar a Copa das Confederações: "Ué, cachorro-quente pode, acarajé, não?".

Hoje é dia de feira, meu shopping predileto. Na volta, carregado de bolsas e um ramo de flores, o porteiro aponta pro elevador de serviço: "Só por aqui, tá, Seu Moa?".

Avulsas

À MEIA-NOITE, UM AGENTE DA LEI SECA aborda o motorista agitado:
— Mas o senhor bebeu?
— Bebi! Cinco doses de uísque e 11 chopes pra lavar a serpentina. Ah, teve uma caipirinha de saquê na abrideira!
— Vamos ter que fazer o teste do bafômetro!
— Pera aí. Tu tá duvidando de mim?

A cena lhe custou 20 pontos na carteira, mas o pinguço não perdeu a ironia. Uma sinceridade comovente.

Lembrei do amigo que, não conseguindo disfarçar o cansaço, respondeu:
— Tô igual a uma vela. Todo destruído, mas em pé!

Às vezes, um simples chavão e a eternidade bate à sua porta.

Um grande músico brasileiro, quando assistia à apresentação de um colega qualquer deixava no ar a sua opinião sobre o evento. Pra não fugir da verdade, quando perguntado se havia gostado, virava os olhos e:
— Só você mesmo!
Ou:
— Nunca vi nada igual!

No flash de tais citações, se despedia em mão única, enquanto o artista da noite improvisava uma expressão de incerteza, o rumo daquela resposta.

Quis escrever essas notas avulsas pelo encanto do cotidiano.

O Sincero jura de pé junto que, de agora em diante, só bebe seis meses por ano:

— Dia sim, dia não. Palavra.

Pra aumentar a risada, fala alto, no salão:

— Vou procurar o Moderação, meu vizinho de porta. Minha mulher pediu, eu também prometi: — Relaxa, que estou bebendo com o Moderação. Promessa é dívida.

Camisa aberta até o último botão, finge acender o cigarro pelo filtro. O isqueiro está igualmente invertido, um velho número feito um circo sem leão, um palhaço que chora, o globo da morte de bicicletas.

Acatando normas supremas, embargos infringentes, meu amigo Junior Rodrigues, compositor manauara, tirou a máscara dos panos quentes e, diante de insistente apelo, foi sincero:

— Sim! Precisando de mim, procura outro! Conte comigo que é o mesmo que nada!

Filosofias de botequim. Um Nietzsche do Alemão, complexo de teleférico passeando entre coloquiais, o enredo do dia a dia.

O celular

O CELULAR É O GRANDE CULPADO da transformação. Sou obrigado a escrever minhas crônicas às cinco e meia da manhã, quando ele não toca. É verdade, indiferente à tua privacidade, o toque, às vezes hinos de clubes, vinhetas das notícias urgentes ou funks da Baixada, te chama quando o xampu entra na vista e você, ensopado, se desespera em querer atender. Tão comum quanto, na primeira garfada de um assado no forno, no elevador lotado, o celular se faz presente num som constrangedor. Se analisado por um terapeuta, meu diagnóstico confirmasse os sintomas de um transtorno psicológico delirante, uma paranoia qualquer, eu apostaria minhas fichas telefônicas que um sujeito, pago pela operadora, passa o dia em vigília no prédio em frente, um discador de elite, acionando meu aparelho nos momentos de impossibilidade cotidiana.

Ainda estou vivendo o eco de uma apresentação que fiz há poucos dias no Theatro Municipal do Rio de Janeiro, templo máximo dessa cidade cultural. Todo o ambiente exige reverência e concentração. No palco, um silêncio pra cada acorde, o sopro de emoção às clássicas suítes musicais. Com o meu violão e a respiração da plateia, uma rara calma urbana: — Aqui, o telefone não apita. Nem nos camarins.

Meu amigo Dácio Malta, em viagem pelo México, percebeu um aviso na entrada de uma turística igreja local: "Claro que você veio conversar com Deus, só não pode ser por celular. Desligue!".
Sensacional.
Hoje, é preciso declarar, o celular faz de tudo. Paga contas, te embarca em aeroportos congestionados, está autorizado a fornecer senhas bancárias, tira inúteis fotos caseiras e registra em vídeo qualquer ocorrência polêmica. Evidente, troca torpedos que não afundam e te inclui entre os novos amigos das redes sociais. Casais jantam sob a máxima no regimento dos motoristas de coletivos; só falam o indispensável entre si. Perdigotos no teclado, só lembram o convívio na hora da conta.

Restam antigos usuários, com seus motorolas arranhados, apertando na memória à direita na seta, o número-free, discagem sem ônus. E aí, blá-blá-blá...

Antes de completar a ligação, um papo de botequim pra lá de manjado:

— Pô, tu não me liga mais?

— Pois é, meu celular é pai de santo. Só recebe! Perdi o sinal.

Leis e Vizinhos

O VIZINHO DEVE TER SURGIDO com a invenção do prédio de apartamentos. Quando eram ocas ou pirâmides, cada um convivia com o seu próprio eco em eras terciárias. Na fantasia de voz grave, Fred Flintstone parava seu carro de pedra sem fixar qualquer autorização no para-brisa, gritando Wilma, feliz da vida. Aos pares, vizinhos de naipe organizavam suas canastras, sujas ou limpas, quando, na evolução da espécie, nasce o síndico. E aí foi tudo pro "beleléu". Síndico pode ser sinônimo de inspetor, fiscal, prefeito, pior, prefeitinho, um Procure Saber em proibições.

O prazer em dar ordem é a contrapartida da alegria alheia. Cantar um samba depois das dez não pode. Subir o elevador social com um tantã, também não pode.

Praticamente um contágio em filmes de ação, o "mandão" se alastra pelos bares, vetando os sem-camisa e os instrumentos sonoros. Cria leis absurdas, como a extinção do limão da casa e o frango assado em Ipanema. São ordens em formato suástico, quase um labirinto de intolerâncias.

Das notícias recentes, além de biografias, li que é proibido levantar pra comemorar gol no novo Maracanã e tomei conhecimento que a feijoada com samba aos domingos no Botero, dentro do Mercado de Artes São José, também está proibida.

Outro samba, na feira da Glória, foi riscado do mapa. Altinho na praia, já ouviu falar? Nem precisa, vetado junto ao frescobol e à peteca. Há tolerância à prática quando jogado na área escaldante da areia. No caso, aconselho um Hipoglós em balde pra tratar das bolhas na sola dos pés.

Sou a favor da Ordem Pública, mas alguns episódios encostam na loucura legislativa. Soube que um vereador mineiro propôs uma lei de mão e contramão aos pedestres. Outro político, paulista, apresentou um projeto em que o cidadão seria obrigado a uma exposição diária de 15 minutos ao sol, bom pra absorção da Vitamina D. "Eu gosto é de mandar", diria Zé Trindade, que preferia as mulheres.

Existem exceções carinhosas. No Bip Bip, em Copacabana é proibido grandes aplausos. Justifica-se: todos os músicos da roda de samba estão fartos de reverências. Os dedos estalados pelos presentes bastam. Na Adega Flor de Coimbra, na Lapa, é proibido beijos ousados. Como o bairro é a versão carioca de Sodoma e Gomorra, deve se tratar de trote aos tímidos suecos.

Entre leis e consensos, seria bom se "Arrastão" fosse apenas um clássico no repertório da Elis Regina. Aí, sim. Obrigatório!

Então é Natal!

DAS MINHAS PREVISÕES PARA 2014, perder 15 quilos e só beber em dias pares, a urgência me faz antecipar tais atitudes. Pedi ao Papai Noel um pouco de vergonha na cara e um cinto com mais furos depois da semana natalina. Às festas de praxe, inventam-se pretextos absurdos pro sujeito passar do ponto. Os tradicionais continuam aproveitando almoços da empresa pra se declarar à secretária. Tempos modernos: a executiva pisca pro estagiário, que já mandou torpedo pro boy recém-contratado. No boteco, a manjada vaquinha arrecadou o necessário pro churrasco com samba. Aqui, onde você lê o ritmo, escute o advogado, vizinho do segundo andar, que completou três meses com aulas de cavaquinho, duelando com o surdo do Batori, aposentado, e a sua velha lata de 25 litros, amassada com o repertório. O líder dos "cachaça" mostra a nota fiscal das carnes e pede "pelo amor de Deus, não me deixem esquecer o 'teipuer'. Minha mulher me mata!". Um passante cotidiano, desses que cruzam o bar do outro lado da calçada, resolve confraternizar. Poucos sabem que numa rua próxima é famoso pela altura da voz quando bebe, um porranca legítimo.

Eufórico, se oferece pra anunciar o "Feliz Natal!" na rifa das 39 polegadas e aí, meu caro, a gritaria contamina. Muitas esposas aproveitam e abandonam os maridos nesta época. O sogro agradece. Não aguenta mais, todo ano, aquela sinceridade exagerada além das piadinhas de sempre: "O seu peru caseiro", coisa e tal. Intragável. Na minha juventude, ainda vinho de garrafão, ou o impronunciável Liebfraumilch seguido de tradução pra impressionar a noiva, o hábito da romaria aos lares de bons bolinhos de bacalhau e glicosadas rabanadas era obrigatório O bebum justificava: "Minha filha, se eu não for, quebra a corrente", traçando a décima caneca no começo da tarde. Meu parceiro Aldir Blanc ajeitava as mãos num jeito de cantil de guerra, pra descer, já na garganta, um gelado Mateus Rosé, papa-fina espanhola. São histórias de uma época de correios e cartões, telegramas e flores na porta, distantes dos "tuítes" e "faces" imunes à emoção do dia. Passa da meia-noite, garoa fina, volto da ceia familiar. Faço sinal pro táxi, alguém se antecipa, dedo acenando, mas o motorista reconhece a preferência. Todos sentados, ele, um solitário nessa noite sem renas, comenta: " Nem no Natal o sujeito é educado! Quis passar à sua frente! Nada disso! Há certo o que há de certo!". Agradecido e sem pensar no valor da corrida, respirei, aliviado: "Cesar é o cacete! É certo mesmo!". Toca pra Glória!

Cotidiano

ENTRO NO TÁXI, MAS O MOTORISTA ME IGNORA ajustando o volume do seu portátil aparelho de DVD ao nível britadeira no asfalto. Murmuro um boa noite, claro, inaudível. Porta fechada, repito o grito de um Tarzan despencando do cipó pra baixar o som do veículo trepidante.

De esguelha, um viés permissionário, o chofer dispara: — Olha, doutor! Tô vendo a novela. Faz sinal pra outro!

Imagino um inocente bósnio, mais pra Herzegovina que Radial Oeste, tentando assistir à estreia da seleção do seu país no Maracanã. Um olho no gato o outro na tabela, perdido às margens do Bellini, permanece mudo no banco traseiro enquanto o taxista explode no cristal líquido da tela, um suado pastor exorcizando o fiel da galeria.

A cento e poucos dias do pontapé inicial, a bandeira do oportunismo tremula soberana. O gaiato instala uma luneta no alto do morro de Mangueira, anuncia e aluga pra um correspondente russo o barraco da família garantindo a "vista" pro estádio. O Azambuja verde e rosa, voz de Wilson Grey, ainda oferece um churrasquinho miado pra entreter os convidados na partida contra os belgas.

Fluente no idioma, sotaque de guia do Mercado Modelo, o garçom na beira-mar traduz o Filé à Oswaldo Aranha num evidente Oswaldo Spider, aves voam no cardápio catalogadas como "birds" enquanto o Medalhão à Moda da Casa se transmuta shakespeariano em "fashion house".

Quase um Joel Santana sem prancheta, pode ser?

É louvável querer levar algum na Copa brasileira.

Lembrei um curto diálogo entre um grande amigo, corretor de automóveis, e o cliente desconfiado:

— Mas o senhor pintou esse carro, certo?

— Pintei! Mas posso arranhar de novo, prefere?

Tardiamente, quando mordi um pastel na orla custando mais de dez reais, entendi que ser "um tremendo pastel" era um elogio, e da mais alta patente.

Cidade cheia, turistas subindo o Corcovado de rapel, sol direto da fábrica, o Mundial bate à nossa porta. No samba de João Nogueira e Paulo César Pinheiro, o verso rima: "A casa é sua".

Tô aqui vestindo a camisa.

A ronda carioca

FRASE E CONCLUSÃO. O sujeito tem uma queda pela bebida. Queda vertical. Corre frouxo a comemoração pelos 25 anos do Prêmio da Música. O PIB (Patrimônio Imaterial Brasileiro) lota os salões da Hípica, todos pule de dez. Meu verdadeiro pensador carioca, Zeca Pagodinho, apertado entre holofotes e microfones, botafoguense clássico, escapa feito um Garrincha dos joões de plantão. A conversa pede duas taças. Uma penca de remédios ajuda o fígado da dupla. Cada um com suas doses. O assunto é bebida. Lembrei do Jaguar me dizendo que aguenta ficar seis meses sem tais líquidos. Após o susto na mesa, a justificativa: "Agora, só dia sim, dia, não".

Zeca retribui: "Moa, fiquei 16 anos sem beber, mas quando completei 17 de vida, não parei mais...".

Alguém cita o craque Mussum: "Nos dias de ressaca o mestre pedia proteção a São Risal".

Vida à toa, o samba troca os tamborins pelos risos "encuicados" de um encontro carioca. Barril por barril, aposto minhas ações nos etílicos.

Os flagrantes de cada dia intimidaram os nossos "encostos" permanentes. Filmam até um engasgo no caroço da azeitona.

Já manjado, repito um desabafo: "Bebo para ficar bêbado. Para ficar bom, tomo remédio!".

Um tio por parte de pai, dedicado aos filhos e cervejeiro nato, gastava parte do salário subornando garçons de festas infantis. As bandejas só abriam o percurso depois de circular no canto escolhido por ele pra ser esquecido. No fim, beijava ousadamente a madrinha, a sogra do anfitrião até ser carregado pelo caçula da família. Cabras, como ele, sumiram na última cena das videocassetadas.

Na Rússia, Boris Iéltsin, primeiro presidente eleito democraticamente, foi pego trocando as pernas e cutucando senhoras nas mais sóbrias cerimônias diplomáticas. O atual, Putin, abstêmio feito um islão, invade a Ucrânia e nem pede o couvert.

Na verdade, quase extintos, os pinguços perderam espaço no balcão. No câmbio com o pé de cana moderno de celular na mão, perdemos aquela frase solta no vazio da tarde, quando o fiel da birosca incorporava o filósofo do bairro, a testemunha da antiga vizinhança, a ronda carioca.

A memória batuca no tambor do Lilico: "É bonito, isso?".

Tenho sorte. Zeca ergue o braço pedindo outra garrafa. Assim como na oração a São Jorge, respiro: "Eu sou feliz porque eu também sou da sua companhia".

A festa continua.

Vai ter Copa

ESTRANHEI O VIZINHO DESCENDO O ELEVADOR, mascarado e ofegante. Mal sussurrou um "bom dia" na portaria, tirou da mochila uma vareta, folha enrolada na ponta e atravessou aos berros:
— Brasil! Brasil!
Só não queria ser reconhecido.
No Bar Solange, a rifa da TV está fechada. Os mais talentosos ou menos trêmulos se encarregam das rabiolas em verde-e-amarelo enquanto, no bolão, todas as combinações levam o Brasil à final. Por fora, na aposta, dois engradados de cerveja e um uísque importado.
Lembro de, pirralho, juntar cofrinhos da Delfin, imaginando um dia ir à Copa. Chapéus exóticos nas ruas embandeiradas, descobrindo conterrâneos em terras distantes.
Pois é, a Copa veio até mim.
Vejo os estádios à distância de um botequim de esquina, embora essas biroscas custem bem menos de um camarote lateral.
Sei que também estou proibido de pintar de 2014 na reciclada camisa amarela, mas a Copa está na edícula de casa, negar é jogar pra debaixo do tapete os sonhos de um torcedor.

Tenho de cor a escalação de todos os títulos, me embebedei em diferentes fusos, Coréia, Alemanha. Colecionei figurinhas da Inglaterra, engasguei com as pimentas mexicanas, só pra ser gentil aos *muchachos* de setenta e hoje, passa o Neymar na minha rua e eu tenho que jogar pedras, um artilheiro à Madalena. É difícil.

Aturei laranjitos, leopardos e outros mascotes. Perto deles, Fuleco é um Alain Delon de beleza, um guapo rapaz de muito valor, longe de confundir com furreco, merreca, termos em desuso nessa competição.

O jornal local registra a fila pra comprar ingressos. A tecnologia é brasileira: um solícito anota por ordem de chegada os nomes no papel almaço, margem dobrada, caligrafia prejudicada. O cambista chama no canto, puro Azambuja do bilhete premiado.

Ainda carrego a cisma de uma tarde cruzar com o suíço Joseph Blatter no Petisco da Vila perguntando pelo Samba do Trabalhador.

Às mazelas, cobrança eterna.

Cambiado os olhos da cara, aeroportos pelos ares, tudo justo, mas deixem eu torcer pelo Brasil!

Superstições

FOI NA INFÂNCIA DOS ANOS 60, TV em branco e preto, Fusca e arroz doce na merenda, que abracei minhas primeiras superstições: chinelo virado e assobiar à noite. O calçado resultava em tragédia familiar. Quanto ao apupo, fantasmas extraterrestres invadiam as próprias vísceras em pesadelos abomináveis.

Não podia soluçar que a testa ganhava um mínimo papel lambido, milagroso feito os três pulinhos a São Longuinho.

Jamais passar debaixo da escada, pegar tesoura em tempestades ou deixas os espelhos descobertos na mesma chuva que embaça a janela.

Ao lado do olho-de-boi em meio a um copo d'água, uma vassoura atrás da porta pra dispensar os chatos do cotidiano. As crendices eram tantas e tão "reais" que permaneço incólume ao coquetel de manga com leite.

O tempo se encarregou de atualizar as cismas. Em grandes exibições, pé direito. Se a vitória foi heroica, repetir as cuecas, o melão ressecado, a camisa do emblema beijado.

O grande artista só veste azul e não aceita cantar os versos do mestre Cartola: "Não concordo! Eu falo, sim, com as rosas...".

Elton John, cantor e lorde inglês, exige que os caules das rosas pro seu camarim não tenham espinhos e meçam exatos onze centímetros.

Como a gripe de nariz fungando ganhou senhas de identificação — H1N1, a Influenza A —, nossa superstição foi rebatizada de Transtorno Obsessivo Compulsivo, TOC. Sem brincadeira, manias elevadas ao cubo das simpatias caseiras. Bato na madeira três vezes.

Palavras de mau agouro não passam no meu teclado e prefiro não ver a noiva se arrumando pra manter eterna a relação.

Hoje é sexta-feira, 13. A seleção acorda com a primeira vitória, os namorados ainda dormem abraçados e, mais tarde, toco com o Samba do Trabalhador no Teatro Rival.

Penso nos prédios americanos que evitam classificar o número 13 nos andares dos seus arranha-céus famosos.

No fundo, são sintomas que nos traduzem como humanos. Versão patológica dos nossos delírios, somos todos impulsivos e apaixonados.

À euforia, culpo Neymar e as uvas malbec e cabernet. Também credito esse otimismo descabido, uma Síndrome de Zagallo, aos ares da Copa do Mundo. Brasil!!

O Sedentário

ENCONTRO DE FAMÍLIA, o cunhado chega, short de lycra, rindo até o siso, números costurados no peito da regata sintética. Meia maratona completada em tempo mínimo, achou barato e emendou em largas passadas a ida pro almoço de domingo. Batimento cardíaco em torno de 60, um acinte, me indaga pausadamente:

— Moa! Tem que correr!
— Eu já estou correndo, cunhado. Risco de morte!

Versículo religioso, Deus criou o mundo em sete dias, incluindo o descanso.

Noves fora a natureza, soberana no planeta, o ser humano ficou a desejar.

Defeitos de fabricação, nariz de gavião, orelhas de abano, são constantes os avisos de recall para o combustível dessa engrenagem de carne e osso. Peço perdão ao Criador, mas apressado em obra própria, a democracia de células involuntárias, radicais livres, enzimas e metabolismos, o sujeito engorda desde o primeiro choro, não importando a dieta uterina.

Conheço pessoas de rara educação, priorizando frutas, saladas e grelhados na refeição, que continuam sendo chamadas de "rolha de poço". Recorrem aos distantes spas localizados nesses sítios de muro alto, quase um tratamento antidrogas. Madrugam junto à ordenha da vaca, caminham em trilhas espinhosas, moletom enlameado e, no fim da tarde, emagreceu um grama na Balança da Verdade.

Do outro lado, o boêmio diurno. Presença obrigatória na fotografia do bar da esquina, bebe em pé pra engordar a barriga da perna. São dúzias de cervejas ao longo da jornada, um conhaque de mel, vez por outra, pra adoçar a vida, seguidos de moelas, torresmos, sardinha no óleo queimado, pernil de ontem, umas azeitonas de enormes caroços, outro traçado, e, à noite, ainda de chinelos entre os dedos, descobre que perdeu um quilo na semana.

Pior. As receitas.

O ovo, com cara de Ronaldinho Gaúcho, uma hora urubu, depois galo, troca de time em toda a temporada. Agora, revelação promissora, o bacon ganhou o status de colesterol bom. Indicado no tratamento das coronárias, entope seu cardápio de opções saudáveis rico em proteína animal e seus arredores saturados.

Optei pelo sedentarismo.

Intimamente, mantenho esperanças que, num breve futuro, benefícios serão descobertos nessa prática de vida.

Prioridades

A COMISSÁRIA AJEITA O MICROFONE de haste maleável, anuncia número e destino do voo, depois organiza a fila de embarque, separando as prioridades. Estou próximo, mas no grupo dos "demais passageiros". Ao meu lado, um senhor de sorriso fraterno, 70 anos, no mínimo, me acena:

— Pode vir na minha frente, faço questão...

É isso. Envelheci.

Meu primeiro disco, um compacto simples, foi gravado em 1981 num estúdio em Botafogo. Hoje, o espaço é ocupado por um prédio já na segunda reforma, ultrapassado. Aliás, a técnica do segundo vinil há tempos virou moradia no final da Soares Cabral, em Laranjeiras.

Outro dia a memória postou a lembrança do estádio do América, na divisa entre Vila Isabel e Andaraí. O samba corria solto na entrada do campo pela Teodoro da Silva, se não me falha a fotografia. Perto dali, Gonzaga Bastos, música no Saci e no elegante bar Conversa Fiada. Na dúvida entre os neurônios caducarem de vez, recordo que todo esse percurso era feito a pé cantarolando os versos de Candeia e Paulinho da Viola: "Vou pelas minhas madrugadas, a cantar...". As cervejas tinham seu valor pela cor dos cascos. As preferidas vinham em garrafas escuras, chapinha de rolha, enferrujando a borda e sem data de validade. Comia-se "mortandela" e, "light" não passava de uma estatal pretendendo mudar de dono. Quando a fome apertava, Angu do Gomes, na Praça XV. Em dia de peixe, algumas barracas fritavam postas pros anônimos do sereno. Concordo que não havia higiene, mas a sardinha chegava ainda ofegante no prato. Os ladrões eram de galinhas. Alguns punguistas batiam ponto na Central do Brasil, aproveitando o descuido do passageiro no vagão aberto. O gordo era gordo. O feio era feio, mesmo. Em outro flash iluminando o passado, a prioridade da crônica, só perdia os meus cordões de ouro pras ondas de Copacabana. Às vezes, entretido com os tatuís na beira d'água, não percebia a marola virando mar furioso, e me arrastava até a vala dos afogados. Passado o susto, a joia ornava o pescoço de Iemanjá, me devolvendo feito um gato escaldado, outra vida pra um futuro embriagador.

No assento do avião, diante da barra de cereal, invejo o senhor da gentileza. O tempo nos apressou pra destino ignorado. Parece loucura, a conclusão, mas pelo menos vivi as mazelas, o papel carbono, a caligrafia. Antes de entender, a página vira, a placa é mãe, a banda é larga. Clique aqui pra atualizar. Cada coisa no seu tempo. Aceito a prioridade.

Novos hábitos

RESTAURANTE CHEIO, mesas próximas, escuto a madame, voz de asco, rejeitando o garçom:
— Molho Barbecue, não! Tenho alergia.

A minha primeira reação foi preconceituosa, "coisa de rico. Pobre só tem alergia a fome". Depois culpei a globalização. Saudosista, o retrogosto me trouxe ao sabor das festas de casamento da juventude. Num pratinho laminado, maionese caseira, pernil, farofa e molho à campanha, aquele que azeda por conta do pimentão verde. Aliás, nessa época, ainda não existiam outras cores pra ácida fruta, amarelo, vermelho, desses gigantes da Cobal do Leblon. Outra novidade é pôr mel nos queijos exóticos, mas isso é receita pra uma próxima crônica.

Na verdade, o mundo moderno, pelo menos no planeta-Brasil, renasce em hábitos comuns entre os ianques do consumo após uma roupagem *new order*, a repaginada, transformando em coqueluche do momento. Longe de ser uma tosse com guincho, infecciosa, no trato da moda que também contagia. É o boné de beisebol na testa do flanelinha, destaque pra aba de Golias, personagem em preto e branco.

Outro dia, tarde de vinhos tintos, escuto um casal entre brindes:
— Gostei mais dessa garrafa. Uma uva mais incorporada...

Meu amigo e parceiro dessa página às segundas-feiras, Fernando Molica, me convenceu da possibilidade da vinícola pertencer a um Pai de Santo Cabernet de safras antepassadas, um Doutor Fritz psicografando safras e cortes varietais.

Já não somos alface e tomate. A endívia, consumida desde os tempos de Neto, O Acesinho, hoje divide a fama com a chicória de subúrbio, um pé de luxo na saladinha do prato feito. Sem contar a lichia, fruta com forma de ouriço, encontrada no meio fio de qualquer rua da China, adaptado aos regimes tupiniquins. Parece que ouço na feira da esquina:

— Olha a lichia! Moça bonita, não paga.

Balcão apertado, o vizinho comenta:

— Detesto carpete!

— Eu também! Ácaros?

— Não. Muito malpassado! Ainda vem cheio de alpargatas, salgadas. Não engulo!

Saudade que me deu do vermelhão, o assoalho da minha infância.

Cismas suburbanas

À BEIRA DE UM ATAQUE DE NERVOS, escuto o décimo grito no aplicativo do motorista:
— Táxiiiiiiii! Táxiiii!

Dentro do carro, uma sensação de *pinball* marcando pontos extras; uivos prevenindo os pardais e suas multas, e uma voz feminina saindo do rádio perguntando sobre a área 2, TKS. Solto o cinto com cara de poucos amigos. O condutor balança os ombros, sem se desculpar. Ainda escuto um grunhido de troco:
— É a modernidade, doutor...

No calendário de novembro, duas festas em destaque, roupa nova e, claro, despesas. Um casamento com lista de presentes, um site específico, senha e inúmeras possibilidades pro seu bolso. O noivo, bom sujeito, merece. Clico na página e encontro: uma tarde agradável observando a vista da reserva da Tanzânia.

Ainda atentei pro cortador eletrônico de cebolas, mas decidi pela África, uma bela lua de mel.

Há pouco, reencontrei o casado, já com os pés na rotina, não segurei:
— E as zebras, as gazelas da Tanzânia, interessantes?

— Cumpadre, tu tá falando de quê? Das núpcias?
— Sim! Entrei no racha...
— Ah, a lista. Os presentes são apenas ilustrações. Nem saí de casa. Esquece rifa, vaquinha, estou falando de modernidade, amigão.

No outro evento, aniversário da família do cunhado, o regabofe acontece num salão apropriado.

Conheço bem o homenageado, escolho um tinto de raras cepas, tiragem limitada, abro um riso João Nogueira, mas sou barrado pelo segurança engravatado: "O presente fica. Será entregue depois, depois".

O prazer de ver o felizardo rasgar o papel do presente, desembalar a caixa e salivar diante do rubi dos taninos, eu perdi. Ainda perguntei à patroa: "Pode isso?", mas ela argumentou que agora é assim, moderno.

Depois soube, na fofoca do balcão da esquina, que fulano perdeu a mulher pra vizinha do terceiro andar. Já sei...

Dias de samba

ESSES ÚLTIMOS DIAS FORAM DEDICADOS à comemoração do Dia do Samba, 2 de dezembro, pedra víspora, a data foi iniciativa de um vereador baiano empolgado com a primeira visita do genial Ary Barroso a Salvador, a cidade agradecida ao compositor pelo verso "Bahia, terra da felicidade" em "Na Baixa do Sapateiro", clássico imortalizado na galeria das nossas músicas fundamentais.

A festa cresceu. Do Pelourinho, desceu por Oswaldo Cruz e Matriz, fez ponto na Pedra do Sal, passou pela Praça XI até dar vida ao Andaraí. Quase feriado, os trens lotados de tamborins e pandeiros sangram os bairros da Zona Norte, atrás das pastoras afinadas no último andar do tom. A tia das feijoadas dessalga a carne seca, o churrasquinho deita na brasa e rola na farinha.

Os mais velhos sentem orgulho pela resistência. Ainda moram na antiga vila, a cadeira na calçada é a mesma do avô alforriado. Algumas meninas de Ipanema, sandália de dedos e colar de missanga, tocam ganzás modernos, ovinhos de grão e fibra.

Uma função conquistada, unir as classes sociais.

Eu toco com o Samba do Trabalhador, no Renascença. Quadra cheia em plena segunda-feira de Avenida Rio Branco fechada, sol a pino e dezembro nas costas pedindo dinheiro pra caixinha de Natal, identifico dois gringos, marido e mulher, suados feito hormônios em baixa. Em êxtase, arranham um dialeto desconhecido pra confessar o desejo de morar no Rio de Janeiro e poder passar as tardes ouvindo um mantra de nome samba. Sussurram segredos: "Chega de ser bombeiro, enfermeira de saia curta, freira das Carmelitas! Nós queremos batucada! Nós queremos rosetar!". Quando a madrinha Beth Carvalho gravou "Saudades da Guanabara" em 1989, me deu um arrepio de igreja: o coração aberto pra outra religião. O samba transforma o teu andar, muda a dieta, abre um botão na camisa. O samba engole teus neurônios com poesia e notas musicais. Em torno de uma rosa, as sinapses acontecem. Os refrões explodem feito fogos de fim de ano, por todo canto; um abraço sugere amar uns aos outros enquanto uma vai pro santo, porque ninguém é de ferro. O samba é sincretismo, São Jorge e Ogum, é comida feita com quiabo cortado, amalá, caruru, no azeite doce. O samba é a popoca na quadra e no alguidar, pés descalços, sapato bicolor. O apito do mestre de bateria decreta o fim da quarta-feira de Cinzas. Dia dois, virados. Dos sambas que nascem nas manhãs de subúrbio, madrugadas praianas, amarelos ou bronzeados, sambas de enredo, de breque, samba de roda, samba de todos os dias.

Folguedos natalinos

JÁ É NATAL. Papai Noel, desidratado, enxuga a barba encharcada sobre o punho de luvas brancas. O taxista conversa a respeito de um parente que enviou um currículo pro shopping onde nessa época faz bico de Bom Velhinho.

— Preciso de um emprego fixo! Cansei de ser temporário.

Peculiaridades da data, você se descobre um megaempresário tamanha quantidade de prestadores de serviço a sua volta, a maioria despercebidos até as festinhas natalinas. É a caixinha do porteiro, faxineiro, do entregador de jornais e revistas (contribuições distintas), o fornecedor de gelo, do lixeiro e do carteiro, esses dois, quase amigos íntimos, isso sem contar com o garçom do boteco na esquina de casa, o guia fundamental pro seu retorno em noites de lua minguante.

A data comove. Dias antes do nascimento de Jesus, você ganha ares de Rei Mago, os três, de cara. Mão aberta, coração no mesmo viés, começam os almoços de fim de ano. As confraternizações dobram tardes de carinho e generosidade. Patrões simpáticos afrouxam a gravata enquanto os tímidos mostram os dentes, todos os dentes pra secretária de vestido ousado. A senhora do café leva a filha pra conhecer os amigos do trabalho e a menina anoitece noiva do supervisor.

Na birosca da Zona Sul, os mais chegados dividem uma caixa de bacalhau. Depois do túnel é a rifa com vinte e cinco números. Vale um chester temperado e azeite importado. Corre na loteria amanhã. Em ambos os casos diferentes dicas de receita fartam o seu paladar, "dois dias de água pro peixe dessalgar, cravo e melado de cana pra pele da ave dourar". O bêbado jura ter chegado aquela hora graças a carona de um trenó puxado a renas: "Com esse trânsito!".

É claro! A noite de Natal tem um significado religioso. As famílias se reúnem, muitas vezes apenas na ocasião, e brindam a nova vida na manjedoura. A estrela de Belém rasga o céu feito um farol de ancoradouro. Alguém lembra os ausentes e uma lágrima escorre em homenagem. Meia-noite, sob a árvore iluminada, os presentes amarrados em nós de artesão escondem o esforço de cada um. O primo quebra a noz na dobradiça da porta. O peru ganha as mesmas piadas de sempre, rabanadas assadas pela avó, vinho do porto e a frustração da camisa apertada, o cinto de poucos furos.

Tudo faz sentido, e ai de mim se isso deixar de acontecer... Feliz Natal para todos!

O fim do ano

NÃO É NECESSÁRIA A INTERFERÊNCIA do espírito da Zora Yonara para prever a ressaca de um Natal entrando pela "sexta-feira-Tiradentes", enforcada, com o último fim de semana do ano. Não procuro indicadores ou culpados, mas minhas ações também despencaram. O sofá afundou onde sento, inventando forças pra me erguer na gangorra dos graus etílicos.

No dedo, a ponta das falanges, de pele fina dos 30 anos de acordes no violão, anda dolorida de tanto deslizar no celular recebendo vídeos no WhatsApp. Quando soa a décima imagem recebida, bateira no mínimo, você se percebe irritado e bloqueia até a própria mãe entre seus favoritos. O carteiro dorme na seção. Todas as mensagens já seguiram no céu de frequências moduladas, bandas de um correio digital.

Pros que exageram no ponche, a contrapartida das frutas ameniza o arrependimento. Rabanadas e pernil regados no vinho tinto também fazem a diferença na Lei Seca do dia seguinte. Eu, defumado feito um tender, busco palavras pra esta crônica embaixo do panetone, a glicose fundamental pros chuviscos na vista, quando você já delira com os bichos na parede.

Nem tudo são nozes inquebráveis. Teu amigo oculto acertou o teu tamanho de camisa. Um milagre! Os devotos vaporizam o fato a um ano de bonanças, amores bem-sucedidos, saúde pra dar e vender. Em tempo. Saúde pra vender. Meu plano de saúde é comparável, em custos, a um consórcio de carro zero. Férias inventadas, o botequim está cheio. A etiqueta foi esquecida na fivela da bermuda, barriga encostada no balcão encardido, o primeiro copo desce num só gole. Um gaiato propõe um churrasco na calçada, inteira com o salpicão que a sogra fez pra ceia, pega o álcool e acende o carvão pra esperar o fim do ano.

Na minha infância eu tinha certeza de que uma estrela de cauda reluzente riscaria a última noite de dezembro, anunciando um janeiro de esperanças. Cometas cuspindo fogo feito as abóbadas de um Réveillon em Copacabana. Pra mim, eles seriam naturais, mistérios do mundo. Nem mesmo a maturidade, quando descobri que o Papai Noel era um primo do meu pai, me fez esquecer a fantasia desses dias.

Soube que o calendário é uma conclusão de astrônomos antigos, chineses ou romanos, calendas, calendários julianos, mas o coração insiste na fábula pessoal, avistar um rasgo no céu anunciando um novo tempo.

Bom dia

ESSES DIÁLOGOS QUE SURGEM DO NADA, da serragem cobrindo o piso da birosca: "E você resolveu ir pra Marajoara, qualidade de vida...". "Isso, meu chapa! Lá, o jornaleiro dá bom dia, o tripeiro pergunta pela família. Cidade pequena, outra coisa!". Já morei em 20 bairros do Rio de Janeiro. A ponta seca do compasso cravada no meio campo do Mário Filho abre um arco da Vila Aliança a Copacabana, a cidade de chinelo ou salto alto, de barro e asfalto, e detalha uma única semelhança, o convívio. Doutor Américo, meu dentista artesão, escultor de caninos feito a mãe natureza, anda descalço pelo Leblon como um tupinambá. Íntimo de cada Ataulfo, dos Dias Ferreira, fixo no Clipper, o bar da Carlos Gois, a rua do antigo Cine Leblon, só falta plantar o lúpulo do seu chope diário na jardineira da esquina, semente regada pela espuma que escapa da tulipa. Nós, cariocas, nascemos com o cromossomo da amizade na cervical do sentimento. A olho nu, cumprimentamos até o punguista que te abraça com a sutileza de um tamanduá. Aceno pro Seu Manoel mesmo sabendo que ele me rouba no pendura. Já paguei um limão da casa quando pedi um gomo pra apurar a sardinha. Aliás, o meu primeiro salmão degustado veio no papel.

O gerente confundiu a savelha e cobrou o rosáceo na conta rabiscada. O trânsito está mais pra carroças numa lentidão paulistana. Meu transporte é táxi. Galopa na mesma velocidade. É o tempo que eu tenho pra saber toda a vida, a árvore genealógica de galho a galho, do condutor educado, apenas por perguntar se a menina na foto do painel, um três por quatro emoldurado, era sua filha. Enquanto passava o dedo sobre os valores na tabela, fez o último convite: "Vamos marcar d'eu te apresentar à cunhada. Um piteuzinho!". Entendo que os muros no interior são mais baixos e as janelas permanecem escancaradas no breu da noite. Portas sem chaves, cerca de bambu, motivos de inspiração pra Tavito e Zé Rodrix consagrarem uma canção, mas levar as trouxas pra uma distante freguesia por um banal cortejo de barbearia? Prefiro a má vontade. Insisto na cidade mesmo à beira de um diagnostico bipolar. Siameses, somos irônicos e afetuosos, ginastas ou estátuas vivas nos botequins mais vagabundos. Ainda vejo alguém ceder o assento pra um merecedor, um flerte discreto na vizinha que digita a senha do celular. O Rio é o meu parente mais próximo. Acordo ao seu lado todos os dias, nublado ou azul, somos cria da mesma costela. Um ambulante me oferece um adesivo "O Último a Sair Apague a Luz". Eu retribuo com os versos de Nelson Cavaquinho em "Juízo Final": "O sol há de brilhar mais uma vez...".

Cismas

HÁBITO É UM SUBSTANTIVO ALUGADO das túnicas religiosas pra explicar nossos rituais e manias. Eu tenho várias. Uma delas é comer clara de ovo pelas beiradas, deixando a gema, inteira, pra uma única mordida. Leio os jornais de trás pra frente, não uso sapatos com cadarço e só saio de casa depois de beijar pelo menos uns cinco santos do meu altar caseiro: Santo Expedito, Santa Cecília, Nossa Senhora Aparecida, São Sebastião e, claro, Jorge, o Santo Guerreiro. Parêntesis. Meu ídolo Zeca Pagodinho coleciona imagens do cavaleiro da Capadócia capazes de inibir qualquer dragão desavisado. Na minha época de torcedor fanático, caso o gol saísse numa chuveirada, seriam 90 minutos de água no ralo. Peço perdão ao Cantareira F. C. por confundir costume com superstição, mas gol também é patrimônio da humanidade.

Num antigo samba-canção, "Manias", gravado por Dolores Duran e Lúcio Alves, o verso "de guardar fósforo usado, antes da caixa outra vez" acaba comigo. Aliás — um instante, maestro —, a autoria desse clássico brasileiro é de Flavio Cavalcante.

Vou me cercando de inconscientes orientações feito um Jack Nicholson em "Melhor é Impossível". Compulsivo com a temperatura da bebida de ocasião, irritado com os diferentes sons do celular, meu e do vizinho de mesa, vou somando tolas implicâncias pra me infiltrar na felicidade.

Minha última cisma é guardar histórias de taxistas. Sentei no banco traseiro do amarelinho com a minha mulher e três sacolas de supérfluos. Percebendo as janelas abertas, perguntei ao motorista, que já ligara o taxímetro: "Tem ar?". O gaiato girou o pescoço e saiu soprando na minha cara. O próprio ventilador humano. Dessas constantes viagens a trabalho, me dispus a adivinhar o portão de embarque. Um passageiro frequente nem perde tempo com essa expectativa, mesmo com *fingers* vazios, e o voo termina na escada de rodinhas e fila pro ônibus de apoio. Enfim, cismas com cores, a cadeira no jantar, cismas do cotidiano.

Como habito no tambor do Brasil, a Cidade Maravilhosa, estou tendencioso com as obras que se manifestam nas esquinas de trajeto futuro. Parecem greves de acesso, labirintos de metrópole, confundindo mãos, apontando o mar pra outras janelas.

Atravesso o Túnel 450 e avisto o Aquário Marinho, de corvinas de linha e baleias. Cismei que vai dar certo! O MAR, os armazéns do Porto, o tal veículo leve sobre trilhos tangendo a civilização apressada da Rio Branco. De um lado, a Baía, de outro, eu e meus costumes, a cidade como lazer, bebida e histórias do dia a dia.

Teima minha. E parafraseando Cartola: todo tempo que eu viver, só me fascina você, meu Rio.

Incenso, Lagoa e feriado

NONNO, O TAXISTA, cruzando as sinuosas curvas da Cândido Mendes, percebe um carro enfumaçado da mala ao capô, e corre, porta aberta, em socorro ao motorista que rodeia o veículo sem a pressa do voluntarioso. Surpreso, encontra o gaiato rodopiando um defumador prateado, alças em correntes, balbuciando pedidos de proteção. O aroma de babosa, alecrim e anis estrelado, dizima qualquer dúvida: "Rebate falso. Fogo só nas velas da encruzilhada".

Desanimado, São Pedro desabafa: "A maré não tá pra peixe". Correr na Lagoa, só na marca do Usain Bolt. De bicicleta, nem as 12 marchas te salvam dos bandidos de plantão. Imagino que na época das diligências, John Wayne e seus desfiladeiros, a certeza da emboscada fosse menor.

Lenço amarrado, cobrindo meia face? Desnecessário. Rouba-se na cara limpa. Ando pelo Arpoador visitando o palco do show que faremos hoje em comemoração ao Dia do Trabalho. Não há uma nuvem que nuble os Dois Irmãos. Nada. Mar ideal pra receber refugiados, o perigo está na calçada. Sou apontado com os olhos como se usasse camisas floridas, estampas de araras e coqueiros que dão cocos, bermudas e meias soquetes. À minha volta, os reais turistas estão camuflados de moradores de rua, sugestão do guia. A blusa com furos de uso, confeccionadas num pano de chão, expõem a grife do medo. Até os cabelos, durante a "vacance", são tratados a sabão português. Em resumo, a sensação é que, além dos perfumes também importamos mendigos de Paris. Sumiram os óculos do Michael Jackson e do Renato Russo. Nilcemar Nogueira, neta do mestre Cartola, organiza uma vigília protegendo os aros escuros do avô na estátua de Mangueira. Não é à toa que instalaram câmeras de segurança no banco aonde o Carlos Drummond de Andrade bate ponto em Copacabana. Vivia cegueta. Longe da leitura, do papel almaço, era vítima desse fetiche carioca, surrupiar os óculos fundidos no bronze. Que se cuidem os ídolos Ray Charles e Araci de Almeida, morou? Não sei se acordamos com sol, rezo por isso. O trabalhador brasileiro é um herói. Educadores, bancários, diaristas, garis sorrindo na caçamba do caminhão. Assardinhados nos coletivos, são descontados quanto o trem atrasa e nem os memorandos da Central existem mais. Hoje é dia de o subúrbio por a cadeira na calçada, improvisar com tijolos e prateleiras de forno o churrasco dos amigos, som alto no carro aberto e muitas cervejas gelada.

    Na Zona Sul, com sorte, água morna, marolas e areias tranquilas. Sufoco? Só o de andar descalço até a margem onde moram os tatuís. Imagino as barrigas no entorno dos botequins. Conversa de único enredo: "Paz na cidade abençoada por Deus e bonita por natureza".

Domingo na Feira

A NOVIDADE SE CHAMA ÁRVORE GENEALÓGICA. Foi-se o tempo em que o sujeito regredia aos dias de faraó, eunucos bem dotados, ou, mais profundamente, nasceu neandertal, o rei das cavernas num subúrbio da Leopoldina. Estudos mais recentes descobrem constrangimentos entre laços de família, "encontramos vestígios no qual o senhor foi sobrinho tataraneto do imperador Calígula, um tarado romano". Parágrafo repleto de ramos, meus avós paternos eram feirantes. A avó, portuguesa, vendia galinha viva, separando o sangue pro molho pardo. Meu pai também brincou nos tabuleiros. Menino, guardava um fascínio pelos pequenos pesos que ajudavam a equilibrar as medidas na marota balança enviesada sobre o canto da calçada. Tudo era aproximado. Qualquer desavença acrescenta uma cebola que nuble um olhar suspeito. Pulando os galhos feito um macaco-prego perdido na Cândido Mendes, a feira sempre foi minha vizinha. Cheguei a ter uma barraca por dois anos na Rua Garibaldi. A bem da verdade, nada ali era vendido. Amigos sentavam em torno do tradicional móvel montado com ripas e encaixes até o arremate de lona listrada, salvaguarda das chuvas e verões cariocas, e o papo corria em proibidos índices etílicos.

Quem duvida pode recorrer ao YouTube e procurar pelo documentário "Dia de Feira", do cineasta Hugo Moss. Um importante detalhe nesse comércio que tantos cismam em encerrar é o arredor. Sempre você vai encontrar bar repleto de pinguços que madrugaram montando essa história. Fuso horário particular, a primeira cerveja é aberta às sete da manhã, já mordendo uma sardinha fechada, alta fritura, colesterol desconhecido. O organismo trata o nascente com indiferença. Meio-dia já é "boa noite".

Na Tijuca do meu tempo, o botequim era o Bar da Maria. O festival de bebida fervia em tantos graus que a dona, Maria do Rosário, costumava parar o atendimento pra jogar um balde d'água no salão. Cuspidas eram sentidas pelo estalo na calçada. É a hora da purrinha. No Bairro de Fátima, bem perto da feira de sábado, existe o Bar do Peixe, na André Cavalcanti. Mesa na rua, come-se uma sopa Leão Veloso de causar ciúmes no Rio Minho, o restaurante que criou essa receita. Lotado, atesta esse manual de sobrevivência nos paladares mais vagabundos.

Moro na Glória, onde, aos domingos, a festa de origens, cores e texturas é um acontecimento. Os pastéis abrem a porta na entrada do relógio. No outro extremo, os peixes, camarões e enormes cabeças de dourado te chamam pro pirão apimentado. Mas a surpresa maior mora na alameda em frente a Augusto Severo. Uma tenda de leve tecido, vento ondulando o formato, sombra de preservadas árvores e, que maravilha!, um samba de roda com músicos de primeira mudando o ritmo da xepa carioca. As meninas servem pratos à altura do repertório cantado no gogó. A percussão inibe o último grito de "um é três, quatro é dez", e o dia corre na brisa que sobrevoa a Baía de Guanabara. Nesse domingo, tem. O Pagode do Time de Crioulo. Fica a minha dica.

Samba do Trabalhador

A IDEIA ERA SIMPLES. Depois de um fim de semana invernando em distantes palcos, modernas lonas, rincões de difusas luzes, um dia pra merecido descanso, segunda-feira, ócio criativo. E assim, numa tarde de outono, maio de 2005, convidei alguns amigos, a maioria músicos, pra dividir uma costela com batatas e um samba sem compromisso em volta de uma caramboleira, fortes raízes na quadra aberta do Clube Renascença. Lembro do Bandeira Brasil e Tantinho da Mangueira versando pelo inusitado da hora, duas da tarde, sol tímido vazando entre folhas da santa árvore, sombra e esperança. Contei 40 pessoas e me arrepiei. "Gostoso, né?", perguntei pro Didu Nogueira, sobrinho do mestre João. Ele retribuiu: "Moa, tu arranjou sarna pra se coçar...".

No segundo encontro, jovens chegaram perto da mesa, Gabriel Cavalcante e Abel Luiz, talentos formados independentemente da idade. Antes do calendário fechar os círculos de mês, a visita da dupla João Bosco e Aldir Blanc (o parceiro queria um lugar pra gravar "O Bêbado e a Equilibrista" pro filme "Três Irmãos de Sangue", sugeri a nossa roda) marcou de vez a necessidade de continuar. A entrada era franca. "Cerveja? Procure a cantina, porque garçom não tem".

Nem seguranças, recepcionista, nada. Nosso presidente, Jorge Ferraz, encarava o calor de cozinha, a essa altura, apertada de tantas fervuras pra dessalgar a carne seca da feijoada, novo cardápio de um samba cantado na hora do almoço. Também não existia cachê. Os músicos de base se tornavam fixos na enorme mesa sobre cavaletes, Wladimir, Daniel Silva e Neves, Winter, Pitó e Wandinho, os presentes Luiz Augusto, Junior e Visual. Plateia esbarrando em números impensáveis, mil pessoas, formavam um anel humano à nossa volta. Gravamos o primeiro disco em agosto do mesmo ano. Lançamos um DVD em maio de 2006. O evento já tinha sido batizado pelo querido Toninho Geraes, "Samba do Trabalhador". Não sei precisamente a data, mas o grupo reduziu, passamos pra nove guerreiros, novos artistas, viço e resistência, Alexandre Marmita, Nego Álvaro e Mingo Silva. Um longo período de chuvas invisíveis, um frio de ausências, público distante da nossa porta, eco no partido alto, seguimos acreditando.

Em abril de 2013, lançamos o segundo trabalho. CD e DVD. Autoral e com especiais participações de Toninho Geraes, Efson, Moyseis Marques e Marcelinho Moreira, o disco trouxe luz pro nosso futuro. Hoje, contamos dez anos. Diferentes idiomas nos visitam, diferentes dialetos brasileiros, vizinhos cariocas pisam na quadra do nosso samba. Um orgulho ter tantos trabalhos diretos, a vendedora de chapéus, os acarajés na barraca, sem contar o churrasquinho camuflado na calçada de fora. Oficialmente, o mais recente disco foi apresentado sábado passado no Teatro Rival, modestamente, noite inesquecível. Barba e cabelos brancos, resistimos depois de tantos abraços que às tardes de segunda trouxeram pra minha vida, pras nossas vidas. Tanto a agradecer.

Assuntos na madrugada

AO PÉ DA LETRA, caberia bem chamar de "Insônia" a crônica de hoje. À meia-noite, deitado, rabisquei num papel que embrulhou a minha memória, bem fechado, por sinal, a recente visita que fiz à Prefeitura do Subúrbio — Palácio 450 Anos. Eduardo Paes me recebeu como se eu fosse o Cartola ou Carlos Cachaça diante da duquesa de Kent, no Itamaraty. Um quintal carioca acolhendo a alta nobreza de Bento Ribeiro, Oswaldo Cruz, Madureira. Neste dia, o samba ocupou a cozinha e a sala da casa, todos cantando. Eduardo também. O homem é Portela. Uma da manhã, desisti do tema. Não vou mexer com política.

Me veio o olhar sereno e inspirador do Arlindo Cruz me abraçando antes da minha apresentação no Samba In Rio. Arlindo anda devagar pra suportar tantos compromissos. Seu filho segue os passos da família e está no palco comandado por Paulão Sete Cordas. Uma estrutura de Rolling Stones a serviço do samba. Divido o camarim com dois fenômenos desse enredo: Reinaldo e Neguinho da Beija-Flor. Ouvi histórias de consagrar qualquer tese de mestrado contada entre risos, mas escrita com o suor da resistência e determinação, água mole em pedra dura.

Dúvidas me abrem os olhos. O relógio digital aceso no breu. Duas da matina. Percebo um som de surdo na caixa vazando de fora. Abro a janela: nem morador de rua, um bêbado, feliz, descendo a Cândido Mendes, um táxi manobrando pra não subir Santa Teresa, nada. Ninguém.

Meu Deus! É a bateria do Renascer de Jacarepaguá evoluindo nos meus neurônios! Chocalhos em sinapses, dopaminas e tamborins, assisti emocionado à apresentação na escola, do samba feito em parceria com Teresa Cristina e Claudio Russo, pra Cosme e Damião, o enredo de 2016.

Modéstia à parte, o mesmo trio que ganhou o Estandarte de Ouro este ano. Festa linda organizada por uma agremiação de Grupo de Acesso, com dificuldades de toda ordem, verba reduzida, mas, quadra lotada, tem o coração de série especial.

Desisto. Vou levantar, beber algo não alcoólico, claro, e acordar, oficialmente. Quebrado feito o entorno do Campo de Santana, em cacarecos como a Rua da Constituição, recorro a São Nelson Rodrigues por um assunto, um santo que escrevia todos os dias, traduzindo futebol em poesia. Quem sabe me permitira futucar a lixeira da sua escrivaninha?

Enfim, como diria o Rei, "são tantos parágrafos". A propósito: zanzando pela cidade, descobri dois maravilhosos nomes de "ruas": Beco do Tesouro e Travessa das Belas Artes, ambas encostando na Avenida Passos — que, aliás, podendo ser substantivo, é igualmente especial.

Pensar em logradouro rebatizado sem perceber a sensibilidade da história, assim, Rua da Ajuda, Rua Bela da Princesa, é caso pra outra noite em claro.

Andança

VI TANTA AREIA, ANDEI. Estou na cozinha, janela basculante aberta pra área de serviço, escuto a conversa vizinha: "Dona Fulana! O quê "qui" houve com as panelas? Meu Deus, Dona Fulana... Como é que eu vou fazer o almoço?". Moro na Glória, na primeira subida da Cândido Mendes. Esta definição geográfica carrega um sentimento traumático. Basta eu dizer o nome da rua que o taxista fuzila: "Santa Teresa?!". Respiro fundo, gesticulo apontando um gelo baiano pintado de amarelo como ponto final do meu trajeto, pego a carteira, dedo indicador esguio: "É ali", até baixar a tensão das suprarrenais do condutor.

Sem preconceito, subindo a íngreme via, curvas fechadas e escorregadios paralelepípedos, você alcança um bairro de personalidade marcante, Santa Teresa. Morei lá por dois anos, de cara pro Bar do Mineiro, referência nos guias de turismo, na gastronomia carioca, ambiente privilegiado. Um senso despretensioso revelaria números impressionantes de poetas e artistas plásticos morando entre becos e o casario restaurado neste cocuruto da cidade. Nem nas colinas de Montmartre, em Paris, encontro tantas nuvens de inspiração, do mimeógrafo ao digital, do acústico ao DJ estroboscópico, tudo bicho-grilo.

Esbarro num amigo, grande frasista, cabelos molhados na portaria de um prédio em Laranjeiras: "Ué! Se mudou de Santa?". Tive alta! Paulão Sete Cordas, antigo residente da região, traduz o começo da minha rua como Turquia do pedaço. Caminhões manobram num guardanapo que escapou do Transita, boteco reformado e, dependendo dos eixos, o trânsito trava já no Largo da Lapa. Também tem carteado e mototáxi na mesma canastra, um barbeiro, loja de doces, mercado apertado e camelôs vendendo pilhas e banana-d'água. Na outra calçada, um real braseiro estalando o carvão, dá conta dos galetos desnudos. Seguindo, mais um botequim com a tevê ligada e cinco mesas no mínimo salão. Fechando o "Google Street", o Restaurante Vila Rica. Percebe-se pelas trincheiras etílicas que, a pé, é quase impossível chegar sóbrio em casa. Do Bar Solange, não passa.

Assim é uma rua carioca. Emaranhado de tendências, descolados e deslocados, passado e futuro dividindo a sandália. Aqui, Loja de Ferragens e a elegante Casa da Suíça com seus fondues disputados pelos apaixonados de bom paladar. Sim, tem bicheiro, mas evitei o assunto pra preservar a banca. Perto, os travestis povoam a nova Augusto Severo. Na murada recuperada, a maresia da feira de domingo resiste desde as marés da Baía, limpa.

Hoje, do mar, mais distante, a brisa assina o atestado de Zona Sul pra esse litoral de histórias, outeiro e metrô, duque na mesma linha. Da varanda, peito inflado, improviso um choro de Raul de Barros. Na Glória!

Quando se é popular

Martinho da Vila Isabel

ESTOU DE BRANCO E AZUL na Sapucaí. A Vila Isabel sob a batuta espiritual de Noel Rosa, não vacilou ao abraçar o samba.

Tempos depois, um parceiro querido completa 75 anos no meio do desfile. Olha as luzes da arquibancada irradiando feito velas que comemoram a data num sopro de tradição e se emociona na passarela imaginária em Duas Barras, o arraial de toda a vida.

Sim, Martinho da Vila, sandália rasteira, boné de aba curta, devagar, devagarinho rompendo na melodia do seu último samba, a monotonia de tantas "evoluções".

Não é de hoje que Seu Ferreira rema contra a maré.

Desde "O Pequeno Burguês", livros tão caros, tantas contas pra pagar, Martinho acena pra um novo caminho. Seu estilo fez escola. O bairro vira uma casa de bamba aonde todo mundo bebe, todo mundo samba.

Imagino, boca seca, os bares abrindo neste domingo como campeões do Carnaval em 2013.

O Petisco organiza um alambrado. Seu Agostinho fritando bolo de vagem no Gato de Botas enquanto mesas vermelhas na esquina da rua colorem o Bar do Costa.

Na base do pendura, um gaiato culpa o compositor: "Dinheiro, pra que dinheiro? Se ela não me dá bola"...

Martinho ri. Na vista, a retina busca o céu azul feito a escola fundada em 1946.

Temos um samba em homenagem a agremiação e reverências aos primeiros dias de quadra. China e Paulo Brazão, uma história de resistência constante.

A imortalidade da Kizomba.

É o suor na enxada do enredo vencedor.

Claro, a inspiração, ao lado dos craques Arlindo Cruz, André Diniz e o filho Tunico da Vila, nasce dessa trajetória de amor ao samba, ao Carnaval carioca, rendendo frutos à Vila, chão da poesia, celeiro de bamba.

Também tiro uma casquinha nos seus versos e, com o ano novo batendo na porta, só posso cantar forte: "Que a vida vai melhorar, a vida melhorar, a vida melhorar"...

Beth Carvalho ou Nossa Madrinha

NOSSA MADRINHA, Beth Carvalho, me convida pra assistir ao mestre Jorge Aragão, ainda cabelo black, se apresentando no Casarão 80, Tijuca. Beth gosta de carros grandes e, na época, o Del Rey estava perfeito. Madrugada, eu, tijucano antigo, sugiro um atalho de malandro pra cortar caminho.

O asfalto vira barro vermelho, subida íngreme, mato alto, capim-limão, e descubro o óbvio: entramos numa das favelas do bairro.

Marcha à ré de filme americano, e o possante carro cai com as duas rodas do lado esquerdo num valão, pré-UPP. E agora?

Num piscar de olhos assustados, se aproximam dois sujeitos já com as pupilas bem abertas: — Que "qui" tá pegando?

Meio agachado, descobre: — Beth Carvalho! Que honra!

Amanhecemos com um guindaste e duas cervejas na birosca em meia porta.

Uma das minhas músicas mais importantes, um norte na minha carreira, se chama "Saudades da Guanabara". A primeira gravação desse samba foi feita por ela, Beth Carvalho, em disco batizado com o mesmo título da composição. O detalhe que mudou o rumo da história dessa obra nasceu de uma sugestão da madrinha. Eu já havia escrito uns versos na melodia, mas, intuição de quem conhece, me sussurrou: — Deixa a letra pro Paulinho Pinheiro, pro Aldir... E foi assim que o samba alcançou a vida adulta. São muitas histórias. Minha primeira ida ao Cacique de Ramos em 1985, uma tarde com violões, ela e Nelson Cavaquinho, outras músicas gravadas, um ramo de recordações.

Hoje é seu aniversário. Uma festa merecida por esta data. Lembro um ano dessas comemorações, gente pelo ladrão e uma fila curiosa na varanda de casa. Era uma carrocinha no Angu do Gomes, direto da fonte. Outro prato tão frequente quanto o bolo tradicional, especialidade de Sérvula Amado, vinha do mar, arroz de polvo.

Ali, conheci Arlindo Cruz, me aproximei definitivamente do meu querido Luiz Carlos da Vila, aprendi nos saraus da madrugada o respeito pelo compositor popular.

Conviver assim é um privilégio. Me belisco lembrando histórias, pra acreditar em tudo que vivi.

Carioca, timbre único, vem à memória outra cena. Cinco da manhã, apenas nosso grupo numa estridente mesa de bar, quando um gaiato implica que no Rio se trabalha pouco. Dedo indicador apontado, nossa cantora responde: — A verdade é que a gente não complica. Basta uma vez e tudo se resolve. Depois é samba!

Uma aula. Parabéns!

Encontros e Despedidas

DOIS AMIGOS SE ENCONTRAM. O mais exaltado, reclama:
— Sumiu, hein? Tá esperando eu virar milhar?
Esboço um sorriso e me apresso em anotar a frase, quase uma "fezinha" no talão.

Depois que se cruza a barreira dos 50 anos, há sempre uma despedida física rondando a tua agenda social. No samba, quem sabe, excessos de inspiração ou à busca dela, baixas irrecuperáveis riscam a parede do meu coração. E sobram histórias sobre o juízo final.

O samba rolando em Copacabana, no antigo Cevada, e o meu querido Walter Alfaiate — O Magnata Supremo da Elegância Moderna — me chama no canto. Cabisbaixo, confessa tristeza pela morte do vizinho de andar:

— Moa, a Foice foi meu buscar, mas eu estava bebendo aqui na esquina. Pra não perder a viagem, levou o velho Dudu, vizinho de porta que abriu a dele, estranhando o barulho...

Sorriso único, tempos depois, Walter foi velado na sede do Botafogo, seu clube e bairro de coração.

Camunguelo, nosso flautista e conferente da estiva, morreu perto do Natal, uma injustiça. Exímio festeiro, imagino o seu gurufim com siris e cachaça. A dobradinha titular nos almoços para São Jorge organizados por ele em Vista Alegre. Cara de pau, me garantiu, sem mostrar a receita, a indicação do médico-plantonista: — Chega de Marimbondo! Pro bem da tua saúde, só uísque 12 anos, e sem gelo pra não gripar!

Meu parceiro Luiz Carlos da Vila usou do mesmo expediente. Sentados num bar em São Paulo, a conversa foi objetiva:

— Moa, vou me internar na quarta-feira...

— Eu também estou todo comprometido. Minhas taxas estão mais altas que o tombo do Eike Batista. E aí?

— Melhor a gente beber enquanto há tempo!

Nos despedimos para sempre, sem antes enxugar um Black Label e, brasileira, uma garrafa de Maria Isabel, relíquia de Paraty. Assunto maroto, tento levar na esportiva, afinal, como diz o ditado, "basta estar vivo"!

Outra. Gil, o melhor freguês do Bar Barata Ribeiro, endereço óbvio, sentindo a barra, pediu à turma da mesa:

— Não me deixem longe daqui!

Bem, após a cerimônia, suas cinzas foram jogadas num vaso de Comigo Ninguém Pode, parte da decoração do botequim.

Virando a página, hoje é aniversário da Dona Irene, minha querida mãe, por sinal, esbanjando vitalidade. Parabéns!

Histórias musicais

POR CONTA DOS FREQUENTES ATRASOS em nossos voos domésticos, uma vez passei três horas no aeroporto de Confins, Belo Horizonte, na companhia do Wando, autor de "Amor e Paixão". Confesso aos interessados que, na época de "Moça", outro sucesso dessa fera, tentei copiar alguns desses acordes. A conversa é ótima. Ele fala da coleção de calcinhas organizada pela própria esposa, relembra fatos do início da carreira, as primeiras músicas gravadas por ícones como Jair Rodrigues e Roberto Carlos, até a fama definitiva de brega. As decolagens continuam interrompidas, e eu agradeço. Ali estava um artista brasileiro. Conhecia a fundo as mumunhas radiofônicas e a sonoridade popular. Incansável, ri das próprias histórias vividas em alguns hotéis perdidos na poeira da vida, circo a céu aberto, encontros e despedidas. Hoje é referência pra bloco carioca e é capaz de ter louvores em alguma poesia intelectual. Quem desconhece essa página do livro, um sentimento ao pé da letra. Procure saber!

Rememoro esse encontro por conta de dois recentes desfalques no elenco de artistas do povo, Reginaldo Rossi e, agora, Nelson Ned. Nos anos 80, segunda metade da década, eu tocava numa boate em Ipanema chamada Calígula. Personalidades de diferentes áreas batiam ponto nas madrugadas de meio de semana, horário de profissional. Lembro bem do Carlos Eduardo Dolabella pedindo um dó maior pra cantar "Marina" e ser aplaudido por Jorginho Guinle, Pelé ou Roberta Close. Um aparte, simples percepção: ainda existia uma inocência na boemia dessa cidade. Outra celebridade que visitava aquele piano-bar era o Nelson Ned. Elegante até a sola do sapato, terno e gravata em plena savana da General Osório, era recebido com a pompa de maior cantor brasileiro. Nos dias de hoje, dá pra imaginar o que aquele homem sofreu pra alcançar esse estrelato. Anão, conseguiu lotar quatro vezes o mitológico Carnegie Hall, em Nova Iorque, ganhou discos de ouro e, quando morreu, morava numa casa de repouso, no interior da paulista. Pra ser sincero, poucos sabiam que ainda estava vivo. Dia desses ouvi o belo disco feito pelo querido Chico Salles dedicado à obra de Sergio Sampaio, o capixaba de "Eu Quero é Botar Meu Bloco na Rua". Fui amigo de Sampaio até a sua morte, em maio de 1994. Nosso último papo foi por telefone. Eu, preocupado com o valor da ligação. E ele, do outro lado: "Moa, relaxa! Já até separei um dindim pra comprar uma televisão nova". Considero-o um injustiçado. São histórias musicais. Rótulos, siglas, destinos, tudo conspirando feito cartas de uma cigana do largo. Não sei pra onde vai, mas a frase "Deus escreve certo por linhas tortas" pode se materializar em bronze para tanta estátua merecida.

Despedidas

UM CATADOR DE LATINHAS. É a primeira sensação que me vem à cabeça quando procuro um assunto pra crônica. Nos últimos dias, amanhecer com a notícia da morte do gênio João Ubaldo Ribeiro trouxe um forte motivo pra estender a lauda. Por ele, caberiam parágrafos de admiração. Sua voz de barítono invejava tanto quanto a obra literária. Outras virtudes: sorrir e beber uns destilados, doses que, na prática, ele afastou ainda em vida, camuflando o desejo num copo de guaraná e pedras de gelo. Graças aos parceiros Aldir Blanc e Chico Caruso, outros dois eternos, dividi alguns goles com esse insubstituível escritor brasileiro. Um desses brindes foi na homenagem que o Nem Muda Nem Sai de Cima fez ao Aldir, enredo dos carnavais tijucanos.

Encostamos no balcão de um bar próximo, ele pediu um uísque e, vício invasivo, foi convidado e aceitou tirar fotos de raras revelações. A dona, uma senhora amiga, mas criteriosa, me pergunta, lápis na orelha, como devia anotar o pedido:

— Quem paga?
— É o João Ubaldo! O imortal!
— "Aié"? Mora em que rua, que nunca o vi por aqui? Quer "dizêre" que ele é imortal, vai ficar o pendura pra sempre?

Julho é o mês de aniversário de outro poeta suburbano, ouvidor dos becos da cidade, Luiz Carlos da Vila. Conjugo no presente. Suas músicas permanecem no escaninho de qualquer roteiro musical. Entre as relíquias espalhadas no quintal da Travessa da Amizade, seu endereço na Vila da Penha, brandava uma esbelta calopsita de asas cinzentas, inúteis na gaiola branca de três poleiros. O pássaro cantava, no tom original, letra e música de um samba que o Luiz compôs na intenção de Candeia. A notícia se espalhou e câmeras do telejornal local angularam os filtros no plano americano da ave, esperando a performance final. A tarde caiu, junto aos viadutos cariocas e nem um pio da caturra. Depois do "corta!", equipamento na garupa, o papagaio australiano solfejou três hinos da intentona comunista, sem contar o samba-enredo da Unidos de Vila Isabel "Valeu, Zumbi".

São ausências que a vida acolhe.

Morre Ariano, desembocam os pequenos suassunas no riacho de esperança do sertão brasileiro.

No meio do vazio físico, a tragédia na Gávea.

Aqui, só me resta um silêncio ensurdecedor.

Meu parceiro Aldir

NESSES PRIMEIROS DIAS DE SETEMBRO, meu parceiro Aldir Blanc completou 68 anos. A primeira música, juntos, nasceu em 1984, "Tua Sombra", que gravei com Sivuca e Rafael Rabello no primeiro LP da carreira, também uma pernada de tempo. Rainhas como Beth Carvalho, Leila Pinheiro, Maria Bethânia e Nana Caymmi gravaram nossos sambas, nossas canções, mas a amizade foi o verso maior. Moramos no mesmo prédio por duas décadas. O porteiro era o nosso pombo-correio, voando com fitas e papéis pelos corredores, apressando a composição pra vozes mais populares.

Criamos hábitos espontâneos aos pés da convivência, como beber um café às quatro da manhã, quando o galo cantava e o céu azulava no Rio Maracanã. Aldir tem uma bolsa de courvin marrom, que também aniversariou esta semana, inseparável nas madrugadas boêmias. Nela dependendo da temporada, se ajeitam líquidos como vodca, Jack Daniel's ou uma arredondada garrafa de Mateus Rosé. Às vezes, elas se enfileiram até alcançar o Nova Capela, o último bar do balneário carioca.

Numas férias de verão, seguimos por trinta dias para a mágica península da Armação dos Búzios. Calor de fazer inveja aos fariseus, o parceiro permanecia entretido entre os 180 livros destacados para a temporada. Da cidade, só conhecia, pela janela, as andorinhas migrando pra outros mares. Salvo por uma sangria de poucas frutas, encontramos a saída até a Praia dos Ossos atrás de um Gim Tônica encorajador. E o sol fez poente na Ferradura anunciando novas rimas na cabeça do poeta. Recentemente saiu uma bela biografia escrita pelo amigo Luiz Fernando Vianna: "Aldir Blanc — Resposta ao Tempo", em que contei umas setenta músicas nossas gravadas por diferentes artistas brasileiros. Compomos pra uma peça encenada pelos ícones Marlene e Sergio Britto, criamos alguns temas de novela — "Coração do Agreste" e "Mico Preto" —, mas o cotidiano é insuperável.

Coisa boba. Numa casa alugada nos cafundós da Barra da Tijuca, mobília com cara de brechó familiar, havia uma cadeira preta pesando uns cem quilos. Uma tara, aproximadamente. Pegadinha simples, um pegava o violão, o outro pedia a visita pra puxar o assento pra perto — "pra ficar mais aconchegante". O susto com o jacarandá original valia o riso da noite.

Hoje estamos mais distantes. A vida me trouxe pra Glória. O cajado permaneceu com o Vampiro da Muda, o herói dos meus sonhos de compositor. Cantamos juntos nos seus 50 anos e, peço um tempo ao fígado, o meu e o dele, pra celebrar os 70 anos, já encostando no balcão. Parabéns, Aldir!

Vivas lembranças

INTERNAUTA AMADOR, mas diário, encontro no Facebook um curta-metragem do diretor Jom Tob Azulay registrando, sem a pretensão de conceito, câmeras e filtros, o cotidiano do craque João Nogueira, até hoje um artista insubstituível. O filme se chama "Carioca Suburbano, Mulato Malandro", treze minutos de uma vida dedicada ao samba, à música e seu estado de espírito.

João abre o portão da sua casa no Méier, invadida e empossada como Clube do Samba, onde uma galeria de compositores definitivos pra nossa memória cultural o aguarda com copo e prato na mão. Revejo o documentário quadro a quadro. Com alguns dos presentes tive o privilégio de conviver. Outros ainda me orgulham de compartilhar. Foi o meu querido Hélio Delmiro quem me apresentou ao anfitrião desse evento. Era meados dos anos 70, eu, um aprendiz de violão, enfeitiçado pela sonoridade carioca que produziam, passei a seguir o artista em suas caminhadas no bairro. Na Rua Dias da Cruz, ainda cinema Imperator, havia o restaurante El Chopp na entrada. Eu me aproximava o possível pra copiar os gestos do homem no trato com as tulipas. Claro, não existia a desculpa da selfie ou a segunda foto no celular da moda. Frequentava também na Silva Rabello, muito antes de se batizar o termo "Baixo Méier", a tradicional Taberna Don Rodrigo. A pedida era rã à dorê. Assisti a shows no Club Mackenzie e na Churrascaria Gargalo. Babava, não na gravata, mas no uniforme da vida. Ainda falando dessa "sessão de cinema" na famosa rede de seguidores e status, se destaca a participação do amigo e jornalista Sérgio Cabral. Sérgio traduz em uma frase o estilo desse "carioca suburbano' — sambista de calçada. João tinha a sonoridade do Rio de Janeiro.

A música, sempre ela, me presenteou com o convívio. Em 1995, dividi o palco do Teatro João Caetano, projeto Seis e Meia, com essa figura carismática. Tocamos juntos em São Paulo, Curitiba, compomos, mais amigos, um dos sambas pro bloco Clube do Samba, até desfilar no Carnaval. Deu tempo esbarrar na Lapa, aonde bebemos o que foi possível pelos botequins mais vagabundos. Pequenos detalhes ao seu lado moldaram mais a minha identidade. Em disco, ao vivo, penso que sua última participação foi em 2000 no CD "Pirajá — Esquina Carioca", gravado no Tom Brasil, São Paulo, um momento emocionante da minha carreira.

Sinceramente, não sai da lembrança o telefonema que recebi numa madrugada de outono, avisando da sua partida. "A dor sobe pras trevas, o nome, a obra imortaliza". Vou entrar 2015 no máximo volume, me embriagando com esse "mulato malandro".

Em canto, Mulheres

FOI A CANTORA LANA BITTENCOURT quem gravou primeiro uma canção minha. Num pequeno estúdio da Rua da Lapa, sua voz potente rompia as válvulas da época, tatuando meus versos musicais. Calendário empoeirado, 1979, inesquecível pra mim, um futuro compositor.

No começo dos anos 80, uma pernambucana, sotaque arretado, voz de agreste pisando firme no asfalto carioca, escolhe pra si um forró do meu repertório. Elba Ramalho, um presente pra essa carreira de diferentes tons. Com esse pobre violão, trastejando outros arranjos, acompanhei divas como Lenita Bruno, Alaíde Costa, Roberta Toledo e Marília Barbosa. Uma noite no Beco da Pimenta, bar dedicado a Elis Regina, conheci o mito Nana Caymmi. Os dedos tremiam confundindo acordes, mesmo assim, em 1985, ela lançou um bolero com debruns e costuras amorosas feito no ritmo da sua interpretação. Alma buscando fôlego quando, estreando a parceria com Aldir Blanc, a querida Leila Pinheiro cantou "O Mar no Maracanã", enredo pensado em Dora, rainha do frevo e do Maracatu, de Dorival, o mesmo autor de Marina e Doralice, deusas anônimas. No mesmo cordão, a felicidade de ouvir Leni Andrade. Brincando com o título da canção, Leni trouxe os peixes pro meu "Aquário".

São essas mulheres as musas do nosso destino. Em 1989, Fafá de Belém gravou "Coração do Agreste" e a madrinha Beth Carvalho, "Saudades da Guanabara". Parênteses. Fui parar em sua casa levado pela cantora Célia no final de 1984, auge do movimento Diretas, Já! Célia também gravou um samba meu e a madrinha, outros sete batuques. O feminino é definitivo no gênero do meu trabalho quando Maria Bethânia grava "Medalha de São Jorge" e "Rainha Negra", está feita em homenagem à grande mulher brasileira Clementina de Jesus. Recentemente, gravei um disco inteiro com a delicada e talentosa Francesca Ajmar, uma italiana-carioca levando a nossa história pro Mediterrâneo. Guerreiras como Dorina, Áurea Martins e Aline Calixto. Encantos de Rosa Passos e Fátima Guedes, horizontes de Paula Santoro e Juliana Amaral, luzes da minha caminhada. O orgulho de ter Teresa Cristina na parceria que desaguou no Estandarte de Ouro deste ano às primeiras Amélia Rabello, Fabíola e Solange Kafouri. Motivos pra seguir buscando rimas, pedras preciosas, dadivosas rosas de Cartola, Carolinas na janela, isso sem falar na tal faixa amarela bordada com o nome dela.

A inspiração pra crônica? Marluci Martins, a minha mulher em verso e prosa, paixão escandalosa, a minha flor na lapela.

Tira as flechas do peito do meu padroeiro

Rua Almirante Alexandrino
CEP 20241260

SUBIDA PRA SANTA TERESA, os táxis reclamam, o pneu estala do quadrado do paralelepípedo, carro na primeira marcha. No guia, o caminho pela Cândido Mendes desenha curvas menores à paralela Santa Cristina.

O motorista desliga o ar, abre as janelas grosseiramente e clica em bandeira 2, demonstrando impaciência.

Lá em cima, o Sobrenatural, bar da Sérvula.

Sérvula cresceu com o Zeca Pagodinho, trocou noites acompanhando o Nelson Cavaquinho pelos conhaques de subúrbio, até abrir o restaurante que serve os melhores peixes da cidade.

Na porta, uma baiana-cozinheira feita no barro tem o cardápio desenhado no avental, moqueca que inclui banana da terra na receita.

A memória aposta que a baiana carrega uns robalos esculpidos no cedro como decoração. Os aquáticos formam uma corda no balaio de arame. Poderia ser numa rabeca de madeira.

Santa Teresa tem um silêncio cortante.

A lâmina serpenteia o bairro. O bonde rasga o verão das ruas.

O taxista não ri. Busca frenético a tabela que onera a corrida, encena um fastio e pega sem olhar pra trás a nota de cinquenta.

Seria loucura um convite: provar o camarão no molho de cerveja. Ele pode tomar como desaforo.

O movimento do bar lembra maré de lagoa, aos poucos e sempre.

O troco vem moedas catadas no console como pregos no caixote de feira.

Da calçada um casal rosado estica o dedo para o olhar desse amargo condutor e fala pela janela aberta, um enrolado idioma:

— *Please*, o senhor me leva à Petrópolis?

Descobri um dente de ouro no sorriso profissional do permissionário.

O carro com novos passageiros seguiu pela Paschoal Carlos Magno.

Eu, para os frutos do mar.

Rua Barata Ribeiro
CEP 22020-010

TRÂNSITO INTENSO, desfilam pressas idosas, malemolências juvenis, palmos de vida ao rés da Barata Ribeiro.
    Caranguejo é o bar da esquina.
    Há uma engrenagem conhecida em meia-porta.
    O garçom experiente sentado na última mesa descasca os camarões já cozidos. Estão vermelhos depois de prontos, prova que são marítimos.
    A quantidade é grande: — é o recheio das melhores empadas da cidade.
    História contada: — enquanto houver mordida há de ter um camarão.
    Vê-se o salão também pela Xavier da Silveira, onde o balcão de vidro não impede um exército de tulipas, quase lembrança dos terracotas chineses.
    A notícia estampa o inevitável: a Humanidade evoluiu.
    Munido dessa antropogênese, leis ceifando a fantasia ordenaram em choque o fim da gaiola aonde os guaiamus beliscavam alfaces até engordar no prato.

Uma pata do crustáceo custa a perna do saci. Parece espeto com corações de galinha. Cadê o resto?

O balcão ferve com pedidos.

Há um polvo com braços humanos entre as frestas do balcão.

Anzóis pescam pratinhos de pastéis, casquinhas deliciosas e as disputadas empadas.

Não faltam carrinhos de bebês e bengalas de madeira nas calçadas de Copacabana.

É o Censo, o bom senso da espécie.

Em frente, a banca tem poucos jornais.

Uma sanca de revistas pornográficas emoldura o quiosque de aço ou latão prateado. Tarja sobre o modelo, coxas de estontear Mário de Andrade, curvas que eternizam Oscar Niemayer, vizinho a poucas quadras.

O homem do balcão compra um desses magazines, rasga o plástico e abre no pôster de brinde.

Uma sanfona de folhas realeja o corpo inteiro.

Eu finjo olhar as empadas, os camarões.

O prato do dia é a Sereia.

Rua Dias da Cruz
CEP 20720-010

UMA RUA CONSTRUÍDA DE PASSADO.

Aspecto de rachadura, a topografia rasga o bairro, um rio de asfalto que deságua a caminho de Água Santa, Encantado, Piedade.

Mão dupla, havia um cercado de letreiros acima do olhar nos ônibus.

Eram magazines de orgulhar a Zona Norte: Mesbla, Slopper, Sears, Casas Pernambucanas e um shopping Guinness, o maior da América do Sul.

Cobrindo de samba o terraço desse mercado, a Churrascaria Gargalo, palco dos primeiros shows do mestre João Nogueira.

Em tempo passado, João morou na Dias da Cruz, em cima das Casas da Banha, vista pro Cine Imperator, dois extintos.

Na verdade, Dias da Cruz é uma bandeira, um sítio provedor.

Pertence ao Méier, mas acrescenta no cartão pessoal um suspiro no anúncio: — Moro no lado de cá do Méier.

Pompa natural, o peito estufa no gradil da estação. Vindo da cidade, todos correm pra descer à esquerda, esperando o sinal da Vinte e Quatro de Maio.

Uma foto antiga, sim é a Dias da Cruz.

Nesse índice de reminiscências, compravam-se panelas na Tamakavi, fogão de duas bocas na Ultralar, até petecas da Lobras, sem contar os mercadinhos de costura, sapateiros e outras minorias.

Um paladar agreste, desses que salivam na madeira do tripeiro Na Taberna Dom Rodrigo, frescas coxinhas de rã, elixir de muito malandro carioca.

O azul do 455 — Méier-Copacabana surge na primeira marcha. Tem um itinerário lírico de levar o suburbano de chinelo e bermuda até o Posto 6 da Princesinha do Mar.

No caminho de volta, carrega, madrugada, os boêmios que aventuraram seus bolsos na Praça do Lido, escurinho das boates, estrangeiros de costas pro mar.

O percurso é longo. Chegar ao bairro da Dias da Cruz exige equilíbrio nas curvas do Aterro, palmeiras de Burle Marx, mergulhão da Praça XV, a reta após uma benção na Candelária.

O bêbado arriscou novos cardápios cansado dos bares de sempre nas esquinas do bairro: Magalhães Couto, Pedro de Carvalho ou Silva Rabelo, o ponto final do ônibus.

A viagem etílica baldeou o passageiro.

Moto-contínuo, toda praça tem um banco e existem os dois na Agripino Grieco.

Foi por ali que dormi até tomar água e coragem de atravessar a rua.

Rua do Matoso
CEP 20270-134

EXISTE UM SOL PERMANENTE na Praça da Bandeira. E outra chuva, simultânea.

A falta de vento torna inútil o estandarte na adriça, por isso faz silencio na praça, poucos reverenciam.

As ruas que nascem ou morrem por ali têm histórias particulares.

Escoam o aguaceiro dos temporais que só desabam ali, ou emprestam das paredes dos sobrados um refúgio ao escaldante sol do meio-dia.

De um lado a Rua Ceará.

Apressados, usam chapéus pra manter o anonimato. A rua herdou os sutiãs de Vila Mimosa; além do riso escancarado e as maquininhas de música.

Fale somente o indispensável, está escrito na imaginária condução.

Do outro, Rua do Matoso.

Abre as asas no agreste da praça até voar definitivo nas canções que Tim Maia, Jorge Benjor e Erasmo Carlos colaram na rabiola da rua.

O casario tem janelas em arcos e, acredito, cada casa sopre um bote pra, em dias de chuva, atravessar o Viaduto dos Marinheiros. Faz pensar, Marinheiros. Belo batismo!

Hoje, carros possantes dobram após longo retorno, olhando em qual placa azul estará o destino, Barão de Itapagipe, endereço do Aconchego Carioca, a grande novidade gastronômica da cidade.

Diz a lenda, uma provocação fez a chefe da cozinha improvisar um bolinho de feijoada, hoje mais popular que empada com azeitona no recheio.

A seta pisca insistente. O extremo da pista é o único acesso até a Matoso.

Sumiu a Escola de Circo. Sumiu o Bar do Divino.

A rua se equilibra na memória exposta no tráfego que artéria caminhos para o Centro, Rio Comprido, Leopoldina, Niterói.

No espelho da via, o Maracanã, a Mariz e Barros, do Instituto de Educação.

Eu procuro um cruzamento quando nasce a frase: praças não se ofertam aos orixás.

Rua do Senado
CEP 20231-006

ROTINA.

O Armazém do Senado mantém o mesmo balcão há 100 anos. Houve um tempo de bacalhau, mas hoje o mármore frio serve de apoio pra mínimas porções de tremoços, mortadela em cubos e bebidas diversas, cachaça, cerveja, alguns bons vinhos e outros que mancham a caneca.

A calçada é curta, de quando a cidade, mesmo a pé, era mais humana na travessia. Uma renda de granito descola dessa margem de lojas antigas e do Armazém do Senado.

Rotina.

O senhor entra com um terno cortado pelo uso. Toda a bainha amarrotada, e curta na manga, apesar do corpo franzino de um funcionário publico.

Henrique é quem cuida do estabelecimento.

O pai permanece sentado numa cadeira que não balança e murmura com os olhos os erros e acertos do filho.

O senhor pouco fala.

Henrique busca a escada que alcança a última prateleira da parede. Pé direito alto.

Alguns degraus após, cutuca com um pegador de molas a empoeirada garrafa de Jota Pe, um vinho nacional bem razoável batizado assim em homenagem ao patriarca da vinícola, João Perini.

São movimentos repetidos.

Henrique volta ao balcão, enxágua uma garrafa plástica meio litro de água mineral, ajeita o funil que balança mecanicamente até um líquido amarelado centralizar a descida.

É gengibre, uma batida caseira.

Vinho e batida embrulhados, o senhor do terno cortado paga o valor certo, incluindo uma velha nota esverdeada dos primeiros dias de plano real. As moedas, ele guarda no cinzeiro desde que deixou de fumar, soube depois.

Apoiado no umbral olha nas duas direções da Gomes Freire, repete o gesto na transversal e segue em passos disfarçados até o hotel na próxima esquina.

— A batida é pra amante. Ela detesta vinho, só se pôr açúcar, explica o Henrique, guardando o dinheiro.

O pai abaixa a cabeça.

Eu continuo sentado.

Rua Torres Homem
CEP 20551-070

O BAIRRO É VILA ISABEL.

Dito isso, se compreende as esquinas abarrotando bares, garrafas de 600ml no pé do meio-fio feito alguidar e farofa amarela.

Merece uma frase-anúncio: é proibido proibir.

A Torres Homem vem paralela à 28 de Setembro. Não tem calçada musical, ode a Noel, aos herdeiros Martinhos e Luiz, mas desfila garbosamente no altar dos botequins mais vagabundos.

Na altura da Visconde de Abaeté, nome do estadista e, antes, logradouro em Botafogo, os balcões disputam seus primeiros bebuns, o rosto avermelhado, as mãos tremidas e pernas feito o Perna, de não vergar à toa.

Arpeja a semicolcheia do Feitiço da Vila, mesas do Petisco, tulipas rabo de peixe, jilós no alho e queijos vendidos a peso. Do tempo desconhecido do colesterol, a cozinha temperava ossobucos e angu com as melhores vísceras.

A rua sobe estreita pra "transversar" a Torres Homem, pecado original, uma maçã em cada árvore.

Padaria no ímpar e três pés sujos na moldura carioca.

O Bar do Costa sobrevive à história, época do bolinho de vagem, bacon entre os legumes e maracujá, a batida.

Seu Agostinho aborreceu-se. Olhou pro lado e abriu o Gato de Botas provocando um estrago nos concorrentes. Foi sugerido como razão social — Gato e o Rato de Botas, não sobrou mesa na sua praça.

Não pode faltar a banca de jornais, mesmo ausente do jornaleiro.

A manchete é única em suas mãos, a 7 seca no naipe da mesa.

Contido, equilibra a cinza da guimba nos lábios e assim ninguém ouve o que xinga no fundo do peito

O céu nubla em dias de bloco. É verdade, AC chuva assina todos os enredos do Eu Sou Eu, Jacaré é um Bicho D'água.

O réptil gosta da garoa. A lona ergue-se de pontas abertas nas gigantes cordas de um inútil isolamento. Estica no poste, traço de união.

A primeira nota surge do rouco compositor da escola. Tem nas mãos a toalha com o brasão em branco e azul.

Eu olho o que posso. Choro e desculpo a chuva no semblante marejado.

Rua Uruguaiana
CEP 20050-092

PARTE DA RUA É DE PEDESTRES.
    Alameda construída, recebe ilusionistas, apostas na chapinha, um CD com humoristas nordestinos e água de coco, servida depois que a fruta é vazada mecanicamente.
    O passado permanece na Cavé quando se dobra a Sete de Setembro.
    A confeitaria é de 1860, tempo em que a Uruguaiana se chamava Rua da Vala.
    Permanece trânsito ao se aproximar da Presidente Vargas indo encostar na Rua Larga, quer dizer, presente, Avenida Marechal Floriano.
    Neste cruzamento a vitrine do Bar Paladino destoa das lojas conjuminadas. Dentro, um bacalhau ocupa boa parte do balcão que atende as encomendas. Clássicas latas do queijo cuia completam a cena.
    A cristaleira que expõe os destilados avança em teia até o canto da parede lateral.

No salão, entapetado de guardanapos, o atestado que a féria é grande.

Desenhado as duas pontas, a rua é coroada com nome de metrô.

Subindo a escada, a estação desemboca na turca feira de camelôs.

Há um movimento de formigas procurando ofertas, CDs virgens, fones de ouvido e tênis de grife. Um zumbido de funk define o setor das jaquetas de costas tatuadas onde cintos de incandescentes fivelas e óculos escuros ultrapassam a testa como um Elvis suburbano.

Loja de sucos, chás e incensos milagrosos, energéticos e liquidações disputam na margem oposta a atenção dos uruguaianos, a pé na contraluz das Casas Bahia.

Um perto necessário leva o apaixonado ao Mercado das Flores, vinte metros de paralelepípedo da Buenos Aires.

Os bares no entorno mereciam ser melhores, pois o lugar encanta. Inclusive às abelhas.

A tarde dá sinais de noite na Rua da Carioca, panteão desta cidade.

Um casal de orelhões, bunda com bunda, apresenta um cardápio de massagistas colados no interno do corpo. Quase sandália, microfilipetas preenchidas em dois lados querem comprar todo o seu ouro, ou acenam fraternos empréstimos sem fiador, no sobrado da Gonçalves Dias.

No fundo, a Uruguaiana permanece Vala, escoando o suor carioca.

Rua Viveiros de Castro
CEP 22021-010

A RUA NASCE NO FIM DE COPACABANA.
 Parece um último aviso.
 Assim, na foz, uma velha galeria, batizada em outros tempos de Beco da Fome, famosa pelos artistas e as sopas na madrugada, o mito se renova.
 No lado esquerdo de quem entra, amanhece o Bar do Pedro e seu cabeludo funcionário, Shampoo. Deve gastar seu parco salário na Farmácia do Leme, esquina próxima, com o sabão para cabelos.
 Pedro é um português bem-humorado, que gosta de música e cinema, e tem amigos nessa área.
 David Neves é um deles. Pedro se orgulha de ter cedido o apartamento para uma cena de "Fulaninha".
 Nesse quarteirão, a rua vizinha é a Prado Junior, fantasia de toda antiga boemia carioca.
 Um lote cercado de quitinetes, poucos metros quadrados guardando malas de esperança, homens feito mulheres e o inverso no fetiche de chicote.

Havia o Nogueira, um bar riscado em madeira, garçons de jaleco, servindo elegantes, um lauto contrafilé.

Um burburinho diferente entorpece a madrugada no salão.

Gigolôs, putas e vendedores de rosas conferem a féria.

Carros em fila dupla enfronham suas luzes na direção da Barbrella, boate de alta temperatura na quadra. Neon e seguranças decoram a fachada.

O prédio, erguido como concessionária de automóveis, transformou-se em fuc-fuc quando o antigo endereço incendiou-se numa tarde calorosa na Princesa Isabel.

O relógio dessa crônica marca duas da tarde.

Corre no bairro a história que um vendedor de automóveis é o maior cuspidor brasileiro. As salivas pululam em quantidades industriais.

Um lago se forma em volta se o sujeito resolve encenar tal habilidade.

Do outro lado da cidade, Alexandre, um funcionário público, requer o título de escarrador máster, alega discriminação social e aceita o embate em campo adversário: — duas da tarde no Bar do Pedro, Viveiros de Castro, 20.

Um regulamento entende o parágrafo único: somente os dois cospe-grosso e alguns apostadores conhecem o teor da disputa a fim de evitar o constrangimento de um órgão da saúde vetar o mata-mata.

Assim, os dois fingindo turistas em férias apoiam as costas no balcão e começam a espargir rajadas de cuspos.

O pé de oitis, sombra do ambiente, escolhido como alvo, orvalha diante de incrédulos passantes da outra calçada.

Tudo aqui é real.

Foi ideia minha convocar o funcionário público.

E perdi a aposta por oito cuspes.

Aterro do Flamengo
CEP 22210-030

RENOMADOS PESQUISADORES DIVERGEM sobre o primeiro ponto avistado pelo capitão Estácio de Sá ao abordar a Baía de Guanabara no início de 1565. A minoria insiste na tese de que o Morro Cara de Cão seria o nosso Monte Pascoal carioca, enquanto a grande massa crê que o fundador dessa cidade identificou um índio apitando chopes na calçada do Belmonte, o verdadeiro monte dessa aventura.

Dizem ter sido batizado de Flamengo, esse estreito bairro de águas turvas, por conta dos flamingos residentes nas árvores do Aterro, mas também corre nos porões da história que, na data de aproximação, naus e jesuítas, um baile de carnaval fervia nas estâncias do Morro da Viúva. Estácio, o nome já dizia, era chegado numa batucada, ordenou que um tupinambá atencioso disfarçado de tucumã se aproximasse da tal festividade a procura de novidades. Voltou em delírios:

— É o baile do vermelho-e-preto! Suspirava o cacique já cego de amor por uma cabocla de nome Jurema.

Sanadas dúvidas, nasce o Flamengo, o bairro das palmeiras imperiais.

Seus primeiros habitantes fincaram enormes postes de luz em torno do "balneário" esquecendo que, mais cedo ou mais tarde, uma lâmpada apagaria, provocando uma longa escuridão nos arredores, breu responsável pela debandada dos bacanas pra tribos de Ipanema e Copacabana. O mesmo efeito ocorreu com as matizes tijucanas quando migraram pra Barra da Tijuca. Saíram antes de clarear o dia.

Voltando ao estreito do Largo do Machado, surge o Lamas, paraíso do alho frito e batatas à francesa, homenagem à última refeição servida ao comandante Villegagnon. Dado o hábito dos primitivos de fatiar seus adversários de guerra, o termo "francês" se estendeu a pratos compartilhados.

Burle Marx, percebendo a importância do bairro no quesito futebol, cercou vários gomos do seu enorme quintal pra prática desse esporte. Tantos eram os espaços que foram necessárias diferentes convocações de ocupação, e, assim, dias respeitados, jogam garçons, barbeiros, manicures, cozinheiros, pescadores e, claro, exclusivamente peladeiros.

Esses grupos acamparam nos jardins do paisagista de bigodes causando apreensão aos pajés da região.

A solução foi habitar os arredores. Primeiro criaram a Majórica. Depois, mesas invadindo a calçada, o Picote, O Planalto e reminiscências no Tacacá do Norte.

Salão de beleza tem aos pelos e unhas. Sereias são segredos dos pescadores.

Eu ando por aqui. Mesmo na velocidade dos automóveis, um silêncio de civilidade permanece.

Sento numa cadeira emprestada no quiosque do Fábio, em frente ao Posto 3, me atrevo a beber bons vinhos no Alcaparra, do Seu Raimundo; compro água de coco na Machado de Assis até fazer juras de amor, recorrendo ao mestre Lamartine Babo:

— Uma vez Flamengo, Flamengo até morrer!

A primeira impressão deste livro foi realizada em 2018, nas comemorações dos 60 anos do sambista, compositor, escritor e carioca Moacyr Luz.

Ele foi composto em Chronicle Text e Migrena. Esta reimpressão, realizada em 2024, ficou a cargo da gráfica Eskenazi que utilizou papel cartão supremo 300g/m² para a capa e pólen bold 90g/m² para o miolo.

FOTO: Moacyr Luz, aos 5 anos, em Copacabana.